搜神異寶錄

懸疑考古探險搜神小說

之10 聖湖風暴

婁源霸刀 著

目錄

第一章

神秘的神鷹使者

西藏高原上有一個神秘的組織，
行事乾淨利索，從不留活口，遭襲擊的人，無一能倖免。
殺了人之後，把死者的頭顱砍下帶走，
並用血在死者的身上畫上一個禿鷹的標誌。
有關神鷹使者的故事，
成了高原上一個個流傳著的古老而恐怖的傳說。

死者躺在地上，從膚色上判斷，絕對是漢人。

苗君儒問道：「你認識這個標誌？」

格布說道：「難道你沒有聽我爸啦（父親）說過麼？」

苗君儒茫然地搖了搖頭，他雖然和哈桑大頭人是結拜兄弟，可兩人相處的時間並不長，交談的話題都是有關漢族這邊的時事和政治動態。當時正值中原大戰，作為一個大頭人，最關心的自然是那些方面的事情，以便及時處理好與漢人的關係。

格布仔細看了看死者胸前的標誌，說道：「沒錯，是他們！」

苗君儒問道：「他們是什麼人？」

格布說道：「神鷹使者！」

苗君儒大驚，吶吶地說道：「他們還在麼？」

據他所知，吐蕃王朝滅亡後，西藏高原上出現了一個很神秘的組織，活躍在邏些城（今為拉薩）以南的地區，劫殺過往商旅，有時也襲擊官兵和牧民，遭他們襲擊的人，無一能夠倖免。他們行事乾淨利索，從來不留活口，殺了人之後，往往把死者的頭顱砍下來帶走，並用血在死者的身上畫上一個禿鷹的標誌。

鑒於這個組織的殘殺，有幾個大土司聯合起來，對這個組織進行了多次征討，可討來討去，連人家的人影都看不到，倒是在一天夜裏，幾個土司的人頭卻不見了。

這個組織的神秘之處，並不是他們殺人那麼乾脆，而是他們具有邪惡的古印度宗教色彩。本來，沒有人知道這個組織的秘密，直到有一天，有一個人跑到翁達贊普那裏尋求庇護。

翁達贊普聞聽之後，帶著大隊的人馬，在那個人指引下，來到藏南的一處山谷中，找到了一些殘敗的建築物。很顯然，這個組織早有防備，已經把人撤走了，只留下這堆廢墟。令人觸目驚心的是，在這個廢墟的頂上，有一個金字塔形狀的由數千骷髏頭堆積成的骷髏堆。在骷髏堆的一側，有兩個剛蒙上人皮的鼓，從人皮的光澤和色澤看，是不滿十八歲的少女。

在廢墟的內部，有一個寬大的殿堂，在殿堂的上方，豎著一尊兩三丈高的巨大雕像，那雕像非神非佛，造型奇特而怪異。令人不解的是，這尊雕像的頭部是一顆禿鷹的頭，鷹眼是兩顆藍色的大寶石。無論從哪個方向看，這尊雕像都顯得極為邪惡而恐怖。

翁達贊普的軍隊在這座廢墟方圓兩百里的地方，搜遍了每一條山谷，沒有發現任何蛛絲馬跡。那些人好像憑空從人間蒸發了一般。或者說，是搬到很遠的地方去了。

那個人告訴翁達贊普，這個組織中的每一個人都叫神鷹使者，每個神鷹使者的胸口，都有一隻飛翔的神鷹。他們都會一種來自天竺的法術。等級從一等到九等排列，等級越高的人，法術越厲害，練到一定的時候，可以白日飛升。那個人就親眼見到兩個一等神鷹使者從峭壁上跳下來，並隨風飄逸。組織內的所有人在修煉的時候，都不吃東西，如殭屍一樣專喝人血。

殘殺已經是令人憎恨，想不到這個組織還喝人血，修煉邪術。

更令人奇怪的是，那個神秘的組織從此銷聲匿跡了，雖然偶爾傳聞有神鷹使者出現，卻無跡可尋。

在西藏的史料中，關於這一段故事的描寫，只有區區三十幾個字，但讀來無不使人背脊生涼，令人不寒而慄。

有關神鷹使者的故事，成了高原上一個個流傳著的古老而恐怖的傳說。

苗君儒伸手向格布要了一柄短刀，將那死者胸口的禿鷹紋身連皮剝了下來。他相信這東西日後會有用。

轉身的時候，見那屍王趴在地上，對著那些血跡嗅得正起勁，忙大聲喝道：「你想幹什麼？」

儘管他說的是漢語，可這屍王似乎聽清楚了，起身後有些害怕地朝他望了望，走到一邊去了。

異類就是異類，始終改變不了原來的本性。苗君儒想到這裏，尋思著怎麼樣替這個屍王找一個合適的去處，也好完成那老喇嘛對他的囑託。

有這屍王留在身邊，終究不是一件好事。

苗君儒站起身來，想起了那個一直不吃東西的林正雄來，莫非這二者之間又有什麼聯繫不成？格布還奇怪神鷹使者是漢人，可是史料上並沒有說明只有藏民才有資格成為神鷹使者的。他想了一下，對格布說道：「你還記得那個叫拉巴的僕人麼？」

格布問道：「他怎麼了？」

苗君儒說道：「我懷疑他也是神鷹使者！」

說完這句話，他又想起那晚在翁達贊普陵墓前遇到的那幾個人。若拉巴也是神鷹使者，那麼，這個神秘組織捲入這件事，究竟是為了什麼？那個蒙著臉的人，又是誰呢？

董團長帶人追了過來，在距離他們幾十米的地方勒馬站定，提著槍大聲說道：「苗教授，你不打算跟我們走麼？」

他走上前，對董團長說道：「什麼時候把孟德卡大頭人放了？」

董團長說道：「現在就可以放！」

說完後，把槍插回腰間，隨手推了孟德卡大頭人一把。

孟德卡大頭人踉蹌著往前走了幾步，回身看了苗君儒一眼，飛身上了一匹馬，早有幾個藏兵迎上他，並護著他往後跑。

格布上了馬，說道：「阿庫，我馬上派人去找他！」

苗君儒說道：「放心，他走不了，我跟你一起回去找他！」

不料董團長叫道：「苗教授，你不能回去！」

苗君儒微微一驚，正如他所想的那樣，董團長故意挾持孟德卡大頭人，製造那場混亂，其真正的目的，就是為了讓拉巴離去報信。

格布似乎早料到董團長會反對，於是說道：「你放心，他是我的阿庫，我會保護他的。」

說完後，他有些得意地看了看身後帶來的藏兵，從人數上看，他明顯佔優勢，但是董團長他們占武器上的優勢，大家都面對面地騎在馬上，根本沒有可藏身的地方，要是真的動起手來，誰也不可能占到便宜。

苗君儒自然不想他們打起來，他看著雙方虎視眈眈的人，大聲說道：「大家不要衝動，請聽我說。」

雙方的人都將目光定在苗君儒身上。

他緩緩說道：「董團長，我向你保證，如果我跟格布回去的話，最多三個小時就回來，你先找到康先生他們，在前面等我！」

董團長問道：「要是你不來呢？」

苗君儒說道：「我答應了康先生的事，一定會辦到！」

看著苗君儒上馬跟隨格布離去，董團長從旁邊一個士兵手裏接過槍，瞄準了苗君儒的後背，只要他手指一扣，子彈就會毫不留情地穿透苗君儒的身體。但是他遲遲沒有扣下扳機，直到苗君儒出了步槍的射程，才把槍丟給那士兵，調轉馬頭，對手下喝道：「我們走！」

卻說苗君儒跟著格布往回走，進到城垛寨子裏，轉了幾個圈，又回到山牆外的城門洞邊，他勒馬在原地，對那屍王說道：「嘎嘎弱郎，你可別令我失望！」

那屍王點了點頭，一臉興奮的樣子，張頭四望，仔細嗅了嗅，朝山南方向一指，呀呀叫了幾聲。

格布驚呆地看著屍王，對苗君儒問道：「他還能找到拉巴的去處？」

苗君儒笑道：「你可別小看了他，他是屍王，嗅覺比我們正常人要敏感得多，自從跟了我之後，天天讓他聞藏香，是想用佛家的香氣化解他體內的戾氣，所以他對那香味特別敏感。對拉巴這個人，剛開始我沒覺得怎麼樣，當他帶著董團長找到我時，我就覺得此人不簡單。你還記得你們迎接我進去的時候，我拍了他的肩膀幾下，那個時候，我就把一塊藏香藏到他的身上了！」

格布笑道：「想不到阿庫還會這一手！」

苗君儒正色道：「快走，高原上風大，且廟宇眾多，一旦氣味混雜了，就難找到他了！」

一行人照著屍王的指引，策馬急馳，剛衝上一道山梁，就見前面的山坡上倒著一個人，近前一看，居然是剛逃走沒有多久的拉巴。

拉巴仰面朝天地躺著，已經死了，前額一個槍眼，血流了一地，滲透進泥土中，早已經乾成了硬塊。

苗君儒下馬撕開拉巴的衣服，卻並沒有看到他所預料中的神鷹紋身。他站起身朝四周看了看，眼睛定在前方山坡一塊凸起的大岩石。

在重慶雲頂寺的那天晚上，蒙力巴也是這樣被人一槍斃命的。

拉巴的死和蒙力巴一樣，都是被人滅口。

槍手就躲在那塊岩石的後面，當拉巴走到這裏時，突然開槍，一槍斃命！

格布搜了一下拉巴的屍身，在藏袍的外袋裏，居然找到兩根金條。

苗君儒低聲問道：「格布，你確定這個人是你們的人，是你們派去……」

他的話還沒有說完，突然想到了一個問題，大聲道：「快走！」

正如苗君儒擔心的那樣，孟德卡死了，就死在城堡內的臨時住所裏。一把刀插在他的胸口，直至沒柄。

據那幾個保護孟德卡回來的侍衛說，孟德卡大頭人回來後就躲進了房間，什麼人都不讓進，直到不久前裏面發出聲響，幾個侍衛才進來。

那把插在孟德卡胸口的刀，是他自己的心愛之物，刀柄上鑲著兩顆大紅寶石。

格布呆呆地說道：「他怎麼能……能自殺呢？他答應我……要帶我回普蘭去……讓我做普蘭的大頭人……」

苗君儒朝左右看了看，緩緩說道：「你錯了，他不是自殺的，他是被殺！」

格布驚道：「你怎麼知道他是被殺的？」

苗君儒說道：「從世界醫學的角度上考慮，一個自殺的人，不可能對自己下那麼大的狠手。當刀子刺進胸口之時，受疼痛的影響，手上的力道會減弱，刀子不可能直至沒柄！」

那屍王跟在苗君儒的身邊，貪婪地吸著空氣中的血腥氣味，接著慢慢走到桌邊，眼睛盯著桌子上的那個鑲著寶石的油彩錫壺。

苗君儒看了屍王一眼，低聲喝道：「你進來做什麼，出去守在門口！」

那屍王畏懼地看了苗君儒一眼，有些戀戀不捨地走了出去。

格布說道：「可是守在門口的侍衛並沒有看到有人進來呀！」

苗君儒說道：「對於一個專業的殺手來說，殺一個人並不需要給人看到！你過來看……」他指著窗上那些痕跡，走過去輕輕動了一下窗口那幾根豎著的木條，從上面拿了一根下來，接著說道：「殺孟德卡大頭人的人，就是從這裏進來，又是從這裏出去的！」

格布問道：「如果有人從這裏進來，那他為什麼不叫？」

苗君儒說道：「這就是我所考慮的問題了，我猜測那個從窗口進來的人，就像死在山口那邊的拉巴一樣，都是受命於人，而與孟德卡大頭人的關係又非同一般的！」

格布的臉色一變，問道：「阿庫，你這麼說是什麼意思？」

苗君儒用手拔出了插在孟德卡胸口的刀，說道：「我說得很清楚，兇手受命於人，才會奉命殺了孟德卡，意圖滅口。而兇手本身是孟德卡大頭人信任的，所以他才會在不防備的情況下，被兇手所殺。格布，你一直跟著孟德卡大頭人，應該知道他最信任的都有些什麼人，平時又有什麼人來找他呢？」

說到這裏，他突然以一種極快的速度，扯開孟德卡身上的藏袍，只見孟德卡胸口中刀的位置上，赫然有一隻禿鷹的紋身。

在西藏，脫掉死者衣服是大忌，尤其是像孟德卡這種有身分的人。若是苗君儒的動作慢一點，格布一定不會讓他那麼做。

苗君儒望著孟德卡胸口上的紋身，逼視著格布說道：「連孟德卡大頭人都是神鷹使者，實在出乎我的預料！」他歎了一聲，接著道：「神鷹使者這個神秘的組織，究竟在行使什麼樣的使命？」

格布說道：「你想怎麼查？」

苗君儒微笑道：「如果你不介意的話，讓我看一下你身上有沒有這樣的紋身？」

格布猶豫了一下，脫下藏袍，露出胸口的肌肉，棕黑色的皮膚上，並沒有任何紋身。

苗君儒有些欣慰地笑了一下，連連說道：「還好，還好！」

格布望著孟德卡的屍體，沉聲說道：「我不管孟德卡是什麼人，要不是他，我早已經死了。阿庫，我求你幫我找到兇手，我要用那個人的五臟來祭奠他！」

苗君儒說道：「要想找到殺死孟德卡的人並不難，不過現在還沒到時候。在這之前，我想讓你帶我去見一個人！」

格布問道：「誰？」

苗君儒說道：「你的母親。」

格布微微一驚：「你要見她做什麼？」

苗君儒微笑道：「也許見到她之後，她能夠告訴我一點什麼！」

格布說道：「她不在這裏！」

苗君儒問道：「那她在哪裏？」

格布說道：「普蘭！」

普蘭離這裏有一兩千里地，格布的哥哥在哈桑大頭人死後成為普蘭地區的大頭人，雖然逼走了同胞弟弟，但對於兄弟倆的母親，肯定還是很孝順的。

對於發生在格布身上的家庭變故，苗君儒並不想過多的知道些什麼。那是人家的家務事，他雖然是阿庫，可畢竟是漢人。多少年來，藏人對漢人的排斥，那是有目共睹的。但是，作為哈桑頭人的結拜兄弟，他有義務弄清楚這位藏族義兄的真正死因。

他想了一下，說道：「現在孟德卡已經死了，那麼，這裏的大頭人應該就是你，對不對？」

不料格布搖了搖頭，聲音有些淒然地說道：「多仁旺傑大兄弟是不會把位子輕易讓給我的，現在他的爸啦死在這裏，我……」

他的話還沒有說完，外面響起一陣長號的嗚咽和急促的馬蹄聲。

兩人衝出屋子，一眼就見到從城門洞那邊進來一隊人，為首那個騎在馬上的，是一個三十歲左右，身體健壯，穿著彩色錦緞藏袍的男人。

格布一見到那個男人，臉色頓時變了。

那個男人在幾個精壯侍衛的簇擁下縱馬來到屋前的台階底，下馬走上台階時叫道：「格布兄弟，聽說我爸啦被漢人劫走了，到底是怎麼回事？你怎麼不帶人去追？」

不用格布介紹，苗君儒就知道來人準是孟德卡的兒子多仁旺傑。

格布吶吶道：「多仁旺傑兄長，孟德卡大頭人被漢人放了，可是他……」

多仁旺傑驚道：「他怎麼了，人呢？」

格布朝屋裏看了看，沒有說話。多仁旺傑三步併作兩步衝進屋子，少傾，從屋內發出一聲歇斯底里的巨吼。

多仁旺傑旋風般衝出屋子，揪住格布的衣領吼道：「是誰這麼大膽，敢殺我爸啦？」

格布驚慌失措起來，望著苗君儒說道：「不……不知道，阿庫說是神鷹使者下的手？」

多仁旺傑轉身瞪著苗君儒，叫道：「你是什麼人？是不是格布要你幫忙殺了我爸啦，好讓他成為這裏的大頭人？」

苗君儒說道：「你冷靜點，如果是我們聯手殺了孟德卡大頭人，我們還會留在這裏等你來嗎？至於我是什麼人，你沒聽格布叫我阿庫麼？我是哈桑大頭人的漢人結拜兄弟。你既然是孟德卡大頭人的兒子，相信你聽說過那件事！」

多仁旺傑喘著粗氣，一副盛怒至極的樣子，叫道：「漢人沒有一個好的！」

苗君儒冷冷道：「你接觸過幾個漢人？怎麼知道漢人沒有一個好的？」

多仁旺傑似乎愣了一下，目光兇狠地盯著苗君儒，右手不自覺地伸向插在腰間的盒子槍。還未等他有下一步動作，苗君儒已經動手了。

「斯啦」一聲。苗君儒一手抓住多仁旺傑的右手，另一隻手已經扯開了多仁旺傑的藏袍。

格布扭頭的時候，正好看到多仁旺傑胸口的那隻禿鷹紋身。

苗君儒撕開多仁旺傑的藏袍後，迅速轉到對方的身後，將對方的右手扭到背上，緊緊扣住對方的脈門。

多仁旺傑頓時覺得半身酥軟，單膝跪在地上，口中發出嗷嗷的嚎叫。台階下面那幾個壯漢持槍衝了上來，只見苗君儒身邊的那屍王上前兩步，朝下面的人發出一聲巨吼，嚇得那幾個人連滾帶爬地滾下了台階。

苗君儒朝著台階下面的人喝道：「你們不要亂來，否則我殺了他！」

格布驚道：「阿庫，你……你怎麼能這樣？」

苗君儒沉聲道：「你沒看到他胸口的禿鷹嗎？」

格布說道：「就算他是神鷹使者，那又怎麼樣？孟德卡大頭人又不是他殺的！我只想求你幫我找到殺死孟德卡大頭人的兇手，又不是……」

苗君儒打斷了格布的話，說道：「也許我們在他的身上能夠發現點什麼！」

多仁旺傑叫道：「你們殺了我吧，我不會告訴你們的！」

苗君儒扯著多仁旺傑回到屋內，用手指在多仁旺傑的背上一點，多仁旺傑癱軟在地上，只有出氣的份。

格布走了進來，見苗君儒就坐在孟德卡屍體的旁邊，便怯生生地說道：「阿庫，你放了多仁旺傑大兄弟吧？」

苗君儒把身體往狼皮椅子上一躺，說道：「我的義兄哈桑大頭人是死在漢人的槍下，屍體在什麼地方發現的？」

格布說道：「聽孟德卡大頭人說，我爸啦追那些漢人到一個山谷裏，雙方正在激戰，結果天神發怒，把很多人都埋住了，只逃出了幾個人。」

有屍王在門口守著，無須擔心有人闖進來。

苗君儒望著多仁旺傑，緩緩說道：「如果我沒有猜錯的話，神鷹使者應該與神殿有著一定的關係！幾年前，一個從神殿中逃出來的僧人，帶著漢人從神殿裏搶走了絕世之鑰，從那以後，接連發生了不少事情，包括一個消失了上千年的神秘組織突然出現……」他停頓了一下，接著說道：「不是說每一個神鷹使者都會邪術嗎？尤其在修煉邪術的時候，不吃東西專喝人血，我想知道，你會什麼樣的邪術？」

多仁旺傑恨恨地看著苗君儒，一聲不吭。

苗君儒從旁邊的桌子上拿了那個鑲著寶石的油彩錫壺，從裏面倒了一些液體出來，只見那液體是紅色的，帶著一股很濃郁的血腥氣，難怪方才那屍王站在這桌邊不願離開。

苗君儒繼續說道：「我之所以來到西藏，是因為那個得到絕世之鑰的人，要我幫他找到寶石之門。一千多年前，松贊干布命一個心腹大臣桑布扎，帶著絕世之鑰和五百個勇士，去尋找傳說中的寶石之門，後來，桑布扎帶著兩個受傷的勇士回來了，他帶給了松贊干布一樣東西，就是一顆比雞蛋還大的紅色金剛鑽。」

多仁旺傑臉上的肌肉抽搐了一下，他還是沒有說話。

苗君儒從口袋裏拿出那顆紅色的大鑽石，放在桌子上。

格布驚道：「阿庫，難道你說的紅色金剛鑽，就是這個東西？」

苗君儒微微點了點頭：「一千多年來，無數人去尋找傳說中的地方，可從來沒有人能夠找得到，而且去的每一個人都沒有再回來，所以很多人都認為傳說中的地方並不存在！但是我認為，寶石之門的確存在，是在一個很神秘的地方。你們神鷹使者既然與神殿有關係，如果知道有人拿到了絕世之鑰，即將找到寶石之門，你們會怎麼做？」

說到這裏，苗君儒的眼睛直盯著多仁旺傑，想從對方的眼神中，找到一些端倪。

多仁旺傑冷冷一笑，說道：「你認為我們會怎麼做？」

苗君儒從身上拿出那支射死馬長風的紅魔之箭，問道：「你應該認識這支箭吧！」

格布看了看苗君儒手上的箭，說道：「這是紅魔之箭，你是從哪裏得來的？」

苗君儒說道：「就是這支箭，把當年從神殿搶走絕世之鑰的一個漢人射死了！」

格布「哦」了一聲，沒有繼續說話。

苗君儒望著格布：「這紅魔之箭，也只有巴依族人才會用，你母親就是巴依族人，而且身邊的幾個貼身衛士也是巴依族人。哈桑大頭人娶你母親，不可能沒有一點原因的。」

格布問道：「難道我爸啦的死與這支箭有關係麼？」

苗君儒說道：「但願沒有關係！」

格布的臉色微微一變：「你這是什麼意思？你懷疑我爸啦的死……」

苗君儒打斷了格布的話，說道：「因為你在他眼裏，只是一個孩子，所以不是每件事都會讓你知道。世界上的很多事情，看起來很正常，其實並不正常。如果有可能的話，我想見一見你的母親！」

格布張了張口，過了半會兒才喃喃地說道：「我也很想念她，可惜我不能陪你去！」

苗君儒說道：「我明白，不過我想要你的一件信物，證明我和你見過面！」

格布愣了一下，問道：「為什麼？」

苗君儒說道：「以後我會對你解釋清楚的！」

格布思索了一下，猶豫著從身上拿出一塊玉牌出來，遞到苗君儒的手裏。

「好玉！」苗君儒稱讚道。這塊玉牌長約十釐米，寬六釐米，厚一釐米，玉色如脂，入手溫軟，是上等的新疆和田羊脂玉。玉牌的正面是一尊座佛，背面是蠅頭大小的藏文，內容是格布的家族背景和生辰。

在藏族，那些有身分地位的人，身上一般都有一塊經過活佛開光過的護身玉。

苗君儒收好玉牌，說道：「為了表示對哈桑大頭人的敬意，我把這顆紅色鑽石送給你！」

格布看了看躺在地上的多仁旺傑，走過來拿起那顆鑽石，接著說道：「阿庫，不管多仁旺傑大兄弟是不是神鷹使者，我求你放了他吧！」

苗君儒笑道：「就是你不說，我也會放了他！」

他起身走到多仁旺傑的面前，輕輕在對方的腰眼處踢了一腳。

多仁旺傑從地上爬起身，剛從腰間拔出手槍，卻又被苗君儒緊緊扣住手腕，頓時動彈不得，那支盒子槍也到了苗君儒手裏。

苗君儒放開多仁旺傑，後退幾步，三下五除二，將那支盒子槍拆成了幾個零件，丟在桌子上，閃身出了屋子。

來到屋外，對那屍王叫道：「我們走！」

台階下圍著幾十個多仁旺傑帶來的人，雖然他們的手裏都拿著槍，在沒有得到主人的命令時，誰也不敢亂開槍。

趁著這檔兒，苗君儒一手抱著那屍王，幾步衝到側面牆角的石頭上，縱身躍下。那匹汗血寶馬也懂人事，早已經奔了過來，帶苗君儒和屍王上了馬背之後，長嘶一聲，閃電般朝城門洞那邊衝了過去。馬蹄抬處，踢翻了不少躲避不及的藏兵。

多仁旺傑從屋內衝了出來，望著苗君儒的背影，面部的表情顯得兇狠而無奈。格布從他身後走出來，低聲問道：「他好像知道很多事，我們怎麼辦？」

多仁旺傑冷冷道：「還能怎麼樣，我們兩個人都做不了主！」

說完後，他朝一個從台階下走上來的侍衛吩咐了一聲，只見那人從藏袍內拿出一隻小禿鷹，在鷹足上綁上一樣東西，接著往空中一拋，那鷹發出一聲長嘯，轉眼間消失在雲層中。

卻說苗君儒跑出去後，見後面沒有人追，待了一段路，聽到空中傳來鷹嘯聲，扭頭看時，見一個黑點漸漸消失在視野中。

他勒馬停了下來，臉上出現一抹難得笑意，如果他沒有猜錯的話，過不了多久，好戲就要上場了。

他看著坐在面前的屍王，尋思著一定要找一家寺院，把這屍王託付給寺院的活佛。

策馬前行了幾個小時，拐過一道山腳，正陶醉於高原上雪山的奇特景色，突然聽到一陣佛音，扭頭看時，見左側的前面走來了一撥人，都是喇嘛。看似走的速度並不快，可是轉眼間便來到了他的面前。

他微微一驚，他所在的地方，視野極為寬闊，一眼就能望見十里之外的遊牧藏民，憑他的武術功底，任何動物在他身邊一兩百米的地方活動，他都能有所察覺。可是這些喇嘛突然出現到他身邊，只不過短短一兩分鐘的時間。他們是從哪個方向來的，又怎麼會突然出現，他事先居然半點都沒有察覺到。

走在最前面的，是十幾個手持旗幡的年輕喇嘛，中間的是一尊十六人抬的躺轎，裏面躺著一個年約七旬的活佛，躺轎的後面跟著幾個身強力壯、戴著金絲雞冠帽的紅衣喇嘛。

看這陣勢，一定是哪家寺院的活佛出行。

他知道在西藏有很多難以用科學解釋的神秘現象，所以並不以為奇。依藏族慣例，無論是什麼人，見到活佛出行，都要跪伏在路邊，有香的焚香，無香的口誦佛號。他和那屍王滾落下馬站在路邊，看著這些喇嘛從身邊走過。他有「漢人大活佛」的身分，無須像普通藏民那樣下跪，最多雙掌合什以表示禮貌。

當他看清那抬轎中活佛的樣子時，心念一動，雙手合什往前走了幾步，攔在隊伍的前面，口中高誦佛號，朝這些喇嘛深深施了一禮。

隊伍停了下來，一個手持五彩旗幡的喇嘛上前呵斥道：「你想幹什麼？本寺活佛在此，還不避開？」

苗君儒回答道：「我身邊這孩子，乃是男女殭屍所生的千年屍王，幾天前，一位得道高僧用佛法化解了男女殭屍的戾氣，托我將這屍王交給一位活佛即可，以佛法為屍王灌頂，以除其魔性。請你轉告活佛，我想將屍王託付給他，若是他不答應，我找別家寺院活佛就是！」

那喇嘛回到抬轎前稟告了活佛，那活佛招了招手，抬轎放了下來，早有兩個喇嘛抬著一卷金黃色羊毛絲毯，從抬轎前一直鋪到苗君儒的面前。

那活佛踩在黃色羊毛絲毯上，朝苗君儒走了過來。

苗君儒見這活佛慈眉善目，眼中精光四射，便知是一位得道高僧，忙伏地而拜，將剛才說的話，又說了一遍。

那活佛微微點了點頭，眼睛定在屍王的身上，過了好一會兒，才說道：「除魔衛道乃我份內之事，你放心吧，我會管好他的！」

那活佛說完，一隻手抓著屍王，那屍王猛地一顫，眼睛望著苗君儒，身體卻不由自主地跟著活佛往前走。

苗君儒說道：「嘎嘎弱郎，你跟活佛去吧，有時間我去看你！」

那活佛拉著屍王坐上了抬轎，隊伍繼續往前行，依次經過苗君儒的身邊。

苗君儒剛要上馬，似乎想起了一件事情，忙大聲問道：「請問活佛是哪家寺院的？」

走在最後的一個紅衣喇嘛轉身道：「你問這些做什麼？活佛答應你的事，自然會辦到！」

苗君儒依稀聽到屍王的嗚咽，他的心裏雖然萬分捨不得，可也沒有辦法，將屍王託付給活佛，是唯一讓屍王生存於這個世間的最好方式。

他正要勒馬轉身，眼角的餘光瞥見走在隊伍後面的那幾個紅衣喇嘛中，有一個似乎在哪裏見過。

他策馬衝過去定睛一看，認出那個喇嘛正是那晚在歌樂山雲頂寺見過的那幾個紅衣喇嘛中的一個。

他大驚失色，隨即問道：「你不是神殿的僧人麼，既然蒙力巴已死，你還留在外面做什麼？你到底是什麼人，為什麼會在這裏？」

那紅衣喇嘛轉身站定，朝苗君儒施了一個禮，用藏語說道：「我是什麼人並不重要，重要的是你對這件事知道多少？」

苗君儒想不到這個紅衣喇嘛說出這樣的話，在歌樂山雲頂寺的時候，那個神殿護法就想執行宗教法規，將叛僧蒙力巴處死，被他一番糾纏之後，結果蒙力巴被別人用槍打死了。

照扎西貢布說的意思，蒙力巴原是神殿僧人，因犯事被責罰，後來逃出神殿，勾結漢人偷走神殿的至寶——絕世之鑰，由於害怕被神殿護法追查到行蹤，所以才躲在歌樂山雲頂寺的那間密室裏，不讓人知道。可惜天網恢恢疏而不漏，扎西貢布一行人查到飛天鵪的行蹤後，最終找到了蒙力巴。

儘管苗君儒對那件事不太理解，可那是人家的事情，他也不可能多管，加之事後扎西貢布和神殿護法沒有再出現，所以他也就不再去考慮那些問題。眼下見這紅衣喇嘛那麼問，當下心中不免升起很多疑團。

心中雖然在考慮問題，但是口中卻說道：「其實這件事我什麼都不知道。我這次來西藏，是受人之托尋找寶石之門，你們是不是還想奪回神殿的聖物？」

紅衣喇嘛說道：「我們已經查到絕世之鑰在什麼人的手裏！」

苗君儒說道：「既然這樣，那你們為什麼不去奪回來呢？那可是你們神殿的聖物呀！」

「我們只是奉命行事，神殿的聖物最終是要回到神殿的！」紅衣喇嘛深吸了一口氣，說道：「在我們回來西藏的路上，遇到了一個人，那個人說，如果苗教授出現在西藏，就要我來找你，並告訴你一件事！」

苗君儒又是一驚，是誰料得那麼準，知道他會來西藏呢？當下問道：「那個人是誰，他要你告訴我什麼？」

紅衣喇嘛往前走了幾步，說道：「他還要我送給你一樣東西。」

苗君儒毫不防備地策馬來到紅衣喇嘛身邊，正要把頭湊上前去聽，突見紅衣喇嘛從身上拿出一把藏刀，朝著他的頭便剁。

苗君儒驚出了一身冷汗，仗著他的武術功底，身體往旁邊一斜，堪堪躲過了那一刀。還未等他從馬上起身，那紅衣喇嘛已經躍起，凌空第二刀砍到。

苗君儒斜著身體，伏在馬背上凌空飛起一腿，踢在那紅衣喇嘛的肚子，將其踢出幾米遠。

待那紅衣喇嘛從地上爬起，苗君儒說道：「現在我才知道，你根本不是神殿的僧人，你和孟德卡他們一樣，都是神鷹使者！」

那紅衣喇嘛朝身後大聲喊了幾句，只見那支隊伍後面的幾個紅衣喇嘛飛快跑了過來。

苗君儒自認對藏族的幾種方言有所研究，甚至可以說上幾句，可是他聽了那紅衣喇嘛的話之後，不禁皺起了眉頭。

從音律上分析，那絕對不是藏語，而是類似於古印度梵語的一種語言。他有一次在倫敦參加全世界考古工作者會議時，聽一個叫菲特利的德國的考古學家說起過那種語言。據那個考古學家說，這種語言在地球上流傳達數千年之久，比古印度的歷史還悠久。這種語言具體是怎麼流傳下來的，至今還是一個謎。

菲特利還說過，在印度北部的莽莽大山中，還有很多與世隔絕的部落，有些部落還保留著原始的習俗，宗教信仰為一種婆羅門教的分支邪教。

在西元前一千四百多年的古印度吠陀時代，婆羅門是祭司貴族，它主要掌握神權，占卜禍福，壟斷文化和報導農時季節，在社會中地位是最高的。古代的印度社會洋溢著濃郁的宗教氣氛，祭司被人們仰視如神，稱為「婆羅門」。「婆羅門」一源於「波拉乎曼」（即梵），原意是「祈禱」或「增大的東西」。祈禱的語言具有咒力，咒力增大可以使善人得福，惡人受罰，因此執行祈禱的祭官被稱為「婆羅門」。雅利安人相信，藉著苦修、祭祀奉獻，這一生就可以得到神的保佑和賜福：婆羅門由於掌握神和人的溝通管道，所以佔據了社會上最崇高的地位。

受歷史變遷的影響，婆羅門逐漸產生了很多分支教派，有些教派明顯帶有邪惡的教義色彩。那些邪惡的教派收到正義力量的打擊之後，漸漸從歷史上消失了。但是也有一小部分邪惡教派，遁入神山老林之中，數千年來並未滅絕，而以一種神奇的力量生存著。

菲特利在幾年前深入到印度北部地方進行考古，至今再也沒有出來。野外考古工作險難重重，每年都有不少傑出的考古學者，在野外考古時遇難。

從方才和那紅衣喇嘛交手的兩招看，這些所謂的神鷹使者，行為雖然有些詭異，但是功夫卻高不到哪裏去。心裏雖然這麼想，但是他不敢大意。看著這幾個

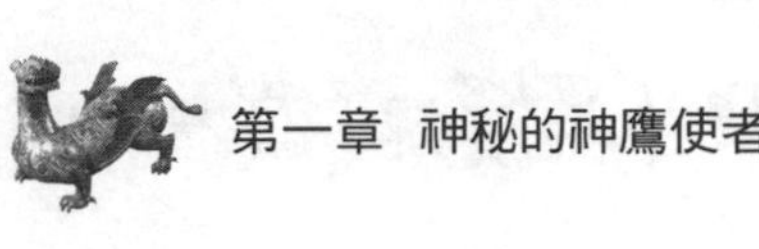

紅衣喇嘛一步步逼近，他的心裏已經想出了對策，雙腿一夾馬肚，那馬嘶鳴著，刨蹄往前強行衝了出去。

他衝到隊伍的前面，勒馬大聲道：「對不起，活佛，請把屍王還給我！」

隊伍停了下來，苗君儒看到屍王就躺在那活佛的身邊，樣子像睡著了一般。那活佛從抬轎上坐起來，緩緩說道：「如果我不答應呢？」

那幾個紅衣喇嘛再次圍了過來，虎視眈眈地望著苗君儒，只等那活佛有所表示，便不顧一切地往前撲。

苗君儒從身上拿出舍利佛珠，佛珠在陽光映射下，發出奪目的光芒，那些紅衣喇嘛頓時退到了一邊。

汗血寶馬打著響鼻，不住地在原地跳躍著。

當苗君儒與活佛的目光接觸時，頓時感到一股透心的涼意，身體漸漸酥軟起來，他心中暗叫不妙，忙將目光移向別處，饒是如此，那顆心卻莫名其妙地猛烈跳個不停，就如同經過劇烈運動之後的樣子，極度的疲乏與虛脫。

他閉上眼睛，深吸了幾口氣，強作鎮定說道：「我還以為你是寺院的活佛，原來你們是邪魔歪道，我這串舍利佛珠上有幾十位高僧的法力，如果你想試一下的話，我可以奉陪！」他高誦一聲佛號，接著道：「佛法無邊，回頭是岸！」

「我可不怕你的舍利佛珠。」那活佛說道：「不過，我可以把屍王還你！」

那活佛用那種語言嘰哩咕嚕地對那幾個紅衣喇嘛說了幾句，接著用手輕輕拍了拍屍王的頭頂，屍王有些茫然地張開眼睛，竟如同剛睡醒一般，他一看到苗君儒，喉嚨裏發出一聲興奮的叫聲。從抬椅上飛身跳起來，幾步竄到苗君儒的面前，被苗君儒一把拉到馬上。

苗君儒看到屍王嘴角有一絲血跡，忙朝那活佛問道：「你給他吃了什麼？」

那活佛舉起右手，讓苗君儒看清了他手腕上的一道傷痕，緩緩說道：「他是殭屍，天性就要喝血，我只讓他喝了幾口我的血而已。你放心，一個月之內，他像個正常人一樣，但是一個月之後，如果你沒有兌現你的諾言，他就會魔性大發，吃掉你們所有的人。從此以後，沒有人能夠收服得了他！」

說完後，他把身體往後一躺，隊伍隨即繼續前行。

苗君儒驚奇地看到，那些喇嘛往前走了大約兩百米時，居然如影子一般在空氣中消失了。他若有所思地望著那些喇嘛消失的地方，不禁想起了由那枚絕世之鑰而牽扯出的種種不正常事件，也許那個神秘而邪惡的組織，已將魔手伸到西藏的各個角落，整件事的背後，是什麼人在操控著一切，其目的又是為了什麼？

第二章

奇泉邊上的問題

多吉走到石壁前的那個洞口，雙手合什，仰頭向天，
口中念念有詞，片刻後，他拔出腰間的短刀，
在手上劃了一道口子，讓鮮血滴在洞口。
那鮮血滴在洞口的石壁上，居然瞬間滲透了進去，
再也尋不見了。

定日。

是位於喜馬拉雅山主峰珠穆朗瑪峰北面的一個大城鎮。說是大城鎮，其實這裏的常住人口還不到一千人，可是每當趕集的時候，這裏彙集了大批來自山南山北的生意人，有漢人和回民，也有尼泊爾人和印度人。

苗君儒趕到這裏的時候，正值大集，蜂湧而來的生意人將本來就不大的集市擠得水泄不通。在吆喝和爭吵之間，各自購買或者交換到了自己需要的東西，然後趕著牛羊離開。

那屍王自從喝了活佛的血之後，整日都暈暈沉沉，就如同一個沒有睡醒的孩子。苗君儒讓屍王趴坐在馬上，自己下馬牽著韁繩，隨著擁擠的人流往前走。不料這裏的人看到他牽著的馬匹，紛紛如躲避瘟神一般避開。

他微微一笑，也不說話。身為考古學者，對很多地方的民俗風氣還是瞭解的。

這裏地處藏南，離世界排行第六的卓奧友峰沒有多遠，卓奧友峰（藏語：喬烏雅）屬喜馬拉雅山脈，東鄰世界最高峰——珠穆朗瑪峰，西鄰世界第十四座高峰——希夏邦馬峰。卓奧友峰山體高大，雄偉，壯麗，東西排著七座雄偉的山峰，人稱「七兄妹」。第一個名叫「喬若布撒」（掌握大權之意），第二個名叫

「齊喬雅」（老頭之意），第三個叫「喬烏金祥夏」（戴帽子的佛），第四個叫「喬阿剛布崗」（坑窪不平之意），第五個叫「丹真喬」（聰明而美麗之意），第六個叫「喬夏布加瑪尼」（文采智慧之意），第七個叫喬乍林嘎姆（白色世界的女神）。

卓奧友峰西側山下，是蘭巴冰川的源頭——著名的蘭巴山口。在蘭巴山口下，有一條通向南北的小路，它是西藏通往尼泊爾和印度古老民間通道。定日能有如此的繁榮，與那條古道有著很大的關係。

據傳說，這些「神」掌管著這一地區的福祇平安大權，對通過這個區域訂有清規戒律。如只允許牛羊通過，不允許馬驢來往，並派一座馬頭狀的岩石山來看守門戶。相傳凡是高頭大馬通過必遭雪崩而亡。曾有一個尼泊爾那邊過來的富商為能從此而過，將馬頭安上兩個牛角，結果剛剛過山口就人仰馬翻、滑墜於山下，從此再沒有馬、驢敢從此通過。

這一地區的藏民看到馬和驢，就像看到瘟神，哪裏還敢近前？不過，仍有很多不信邪的外地客商騎著馬來，畢竟騎馬比騎著犛牛，不知道要快多少。但是那些客商知道這裏的規矩，一般都把馬匹留在鎮外的山谷中，絕對沒有人會牽著馬在集市上晃悠。

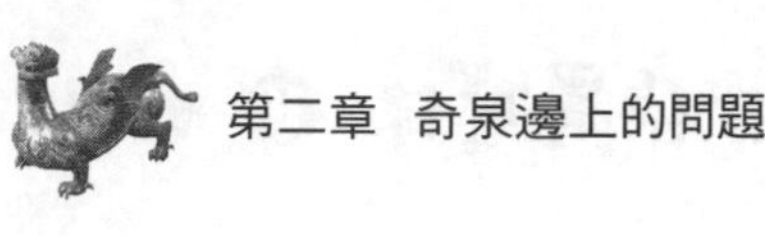

他以為董團長他們已經找到了康禮夫，並且在這裏等他，可他轉了大半個城鎮，居然沒有看到幾個漢人，更別說穿軍裝的漢人了。

他從格布所在的那個城堡過來，經過拉孜的時候，打聽到有十幾個漢人士兵往這邊走了，所以才一直追過來。從拉孜那邊往西南方向走，只有一條路可到達定日。和董團長分手的時候，董團長說了在前面等他，就算不在這裏，也應該經過這裏才對呀！

又找了幾個當地人問了一下，得到相同的答案。

苗君儒沒有理由不相信這些憨厚的藏民，令他不解的是，董團長和康禮夫他們是從哪條路過去的，或者還在他的後面？

這一路上，他所見到的都是遊牧的藏民，還有不少頭髮蓬亂、衣衫襤褸的朝聖者，也有牽著犛牛的回民商隊，就不曾見到一個漢人。

董團長和康禮夫他們，會到哪裏去了呢？

他突然想到了什麼，問一個當地藏民：「這兩天有漢人經過嗎？」

那個藏民上下打量了苗君儒一番，說道：「漢人，這幾天有好幾批漢人的商隊經過這裏，好像是從印度那邊過來的，有的人數有一兩百人呢！」

「哦！漢人的商隊？從印度那邊過來？」苗君儒皺起了眉頭，時值中日軍隊在緬甸那邊打得正酣，中國後方的戰略物資都用飛機從駝峰航線運到四川。受局勢的影響，也有一些冒險的生意人，從印度那邊運一些緊俏物資到西藏來做買賣的。大的商隊為了保證貨物的安全，雇用上百人武裝押運，也是很正常的。

那個藏民說道：「是的，他們有印度那邊的嚮導，那些商隊沒有在我們這裏停留，都往吉隆那邊去了。」

既然是從印度那邊過來的，雇傭印度嚮導，並不足為奇。有些商隊事先已經找好了買主，剩下的就是把貨物送到目的地，一手交貨一手拿錢。苗君儒問道：「有沒有看到只騎馬不帶貨物的漢人？」

那個藏民搖頭道：「沒有！」

苗君儒想了一下，問道：「定日的寺院在哪裏？」

那個藏民用手指了指苗君儒身後的方向：「在那邊！」

就在苗君儒轉身的時候，一個人突然從旁邊的人群中朝他衝了過來。他側身一退，伸手將那人的手臂抓住。

那人痛得發出一聲驚呼，幾乎跪倒在苗君儒面前，大聲叫道：「救救我！」

苗君儒沒想到手中抓的竟然是一個女人，而且這個女人說得一口流利的漢語。他定睛一看，見這女人雖然背著一個包袱，穿著男性藏袍，頭髮也盤得跟男人一樣，滿臉污垢的背後，卻難以遮掩得住那張清秀的面孔。

還沒等苗君儒問，只見幾個五大三粗的藏民從人群中擠過來，已經將他們圍在中間。從人群中又走出兩個人，為首一個年紀大約二十多歲，從那一身華麗的服飾上看，是一個有身分地位的人，估計是某位頭人家的少爺。跟在這少爺旁邊的，是一個五十多歲，眼中閃露著狡黠目光的管家。

那管家上前一步，上下打量了苗君儒一番，說道：「漢人朋友，你身邊的那個女人是我們少爺買來的，你把她還給我們！」

那女人扯著苗君儒的手，連聲說道：「好人，求求你救救我，不要讓他們把我抓去，他們……他們要用我的人皮去蒙手鼓！」

一個活生生的人，被人剝下人皮蒙鼓，這在西藏來說，那是很正常的事情，可是事情臨到苗君儒身上，出於人道上的考慮，他朝那少爺拱手道：「不知道大少爺花多少錢買來的，要不我雙倍付給你！」

那少爺冷笑一聲：「其實我沒花什麼錢，這個女漢人吃了人家的東西，沒有給錢，所以人家就把她賣給了我，一兩銀子還不到！如果你想把她買去的話，行，一百兩！」

雖然民國早已經規定買賣物品必須使用大洋或者民國紙幣，但是西藏的很多地方，在交易的時候，還習慣用白銀支付。這個少爺看到苗君儒渾身上下的裝束，就知道他身上絕對拿不出一百兩銀子來。

苗君儒摸了摸口袋，他身上本來就沒有帶錢，最值錢的那顆血色鑽石，已經送給了格布，現在他的身上，就只有格布給他的那塊玉牌和馬長風留給他的玉佩了。摸了一陣之後，他從貼身的內衣袋裏拿出了那塊玉佩，說道：「我這裏有一塊玉佩，是一個朋友留給我的，雖然是新玉，但是玉質相當不錯，如果按市價的話，最少值一千兩，我就按一百兩給你，換回這個女漢人，你看怎麼樣？」

那少爺說道：「不行，我就要白銀！」

他這麼說，擺明了是在刁難苗君儒。

苗君儒說道：「那好，你等我一會兒，我就在這集市上把玉佩賣掉，給你一百兩！」

他剛要轉身去賣玉，卻見那女人拉著他的手叫道：「苗教授，是你麼？」

苗君儒驚異這女人居然叫出了他的名字，低頭問道：「你是誰？」

那女人說道：「苗教授，你不認識我了麼？我是小玉呀，幾年前你救過我的。你手上的這塊玉是怎麼來的？」

苗君儒仔細看著這女人，依稀辨出了就是當年從一頭野熊的熊掌下救出的小

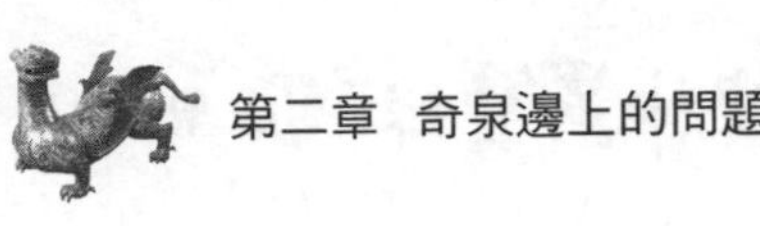

玉，那時候的小玉清純美麗，如一朵含苞待放的山百合，而眼前的小玉，雖然還是那麼清秀，卻多了幾分女性成熟的風韻，眼神也不再那麼天真，滿含著不屈與哀怨。

他驚道：「果然是你，你怎麼會在這裏？」

在這個女人的身上，一定發生過非比尋常的事情。

那個少爺可容不得他們在這裏敘舊，大聲說道：「男漢人，你乖乖把女漢人給我，否則的話，我也把你的皮拿來蒙鼓！」

一聽這話，那幾個精壯的藏民衝了上來，有一個去抓小玉的手臂，想將她強行從苗君儒身邊拖開。苗君儒並指用了四成力在那人的手腕上一戳，只聽那人發出一聲慘號，縮手退到一旁，有些畏懼地看著苗君儒。

那管家說道：「這裏是丁欽家的地盤，男漢人，你想和我們丁欽家的大少爺作對麼？」

不待苗君儒說話，那幾個大少爺的隨從，早已經抽出了腰間的藏刀，分上中下三路同時朝苗君儒攻到，從這幾個人進攻的身法上看，他們一定受過訓練。

若在平時，憑苗君儒的身手，對付這個持刀的人，倒不在話下。只是不久前他與那活佛對視之後，體內功力無形之間消失了四成，幾招過後，他已經險象環生，一個躲閃不及，大腿被鋒利的藏刀劃過，鮮血立即溢了出來。

趁他後退之際，一把藏刀偷偷從側面刺入。

小玉驚呼道：「苗教授小心！」

待苗君儒警覺過來時，右肋傳來一陣劇痛，他一把抓住那壯漢持刀的手，不讓對方再刺入，隨即飛起一腿，踢在那人的襠部。那人撒開手，捂著襠部吭也不吭一聲，往後跌了幾步，倒在地上暈了過去。

苗君儒大喝一聲，手抓著那把藏刀，緩緩從右肋下抽出，並持刀在手，大聲說道：「不要再逼我殺人！」

那幾個人被他的神勇所震懾，猶豫著不敢上前。廝殺聲早驚動了趕集的藏民，大批藏民圍在他們周邊，神色各異地望著他們。也有一些人鼓噪著要那幾個人繼續向苗君儒進攻。

那管家叫道：「看你的血能夠流到什麼時候？我們少爺已經說了，等你死了，也用你的皮來蒙鼓……」

苗君儒喘著粗氣，左手持刀，右手捂著肋下的傷口，鮮血從他的指縫間淌出，順著衣服流到地上。他仰頭向天，發出一陣狂笑，他不相信自己會死在這裏，死在這幾個無名小輩的手裏。

倏地，隨著一陣利器的破空之聲，一支箭身呈黑紫色的羽箭插在苗君儒與那個人的中間，羽箭入土七分，破空之聲雖已消失，但箭羽兀自顫抖不已，顯是射出時的力道強勁至極。

所有的藏人都驚駭地望著那支箭，沒有人敢再往前逼一步，那管家臉色蒼白，有些結巴地叫道：「紅……紅魔之箭！」

苗君儒怎麼會不認得這種箭，和射死馬長風的那支箭一樣，是見血封喉的紅魔之箭。

那少爺不由自主地往後退了幾步，有些奇怪地問道：「你到底是什麼人？」

苗君儒深吸一口氣，忍著劇烈的疼痛說道：「我就是我，一個你們藏人眼中的漢人！」

那少爺望著苗君儒身邊的小玉，有些無奈地揮了一下手，帶著那幾個手下僕人鑽進了人群中。

小玉扶著苗君儒，關切地問道：「苗教授，你沒事吧？」

苗君儒低聲道：「上馬，儘快離開這裏，找個地方替我包紮！」

小玉說道：「苗教授，我知道離這裏不遠有一眼泉水，那泉水很特別，用泉水洗傷口，能促進傷口的快速癒合！」

苗君儒丟掉手裏的藏刀，說道：「那還等什麼？」

小玉上了馬，把苗君儒扯了上去。三個人騎在馬上，這匹汗血寶馬並不覺得吃力，揚蹄衝開人群，往鎮子外面跑去。

出了鎮子，沿著一道陡坡往山上奔去。

在西藏高原的雪山腳下，有著各種各樣的泉眼，奇形怪狀的泉眼也不少見。當年苗君儒在岡底斯山一座山峰的腳下，就見過一眼奇特的間歇噴泉。它在噴發之前，泉口水柱一起一落。經數次重複後，突然一聲巨響，一個直徑達兩米的白色水柱直射天空，高達二百多米。水柱熱氣騰騰，升空後化成一陣熱雨，雨霧經陽光一照，映射成一道七彩虹，景色煞為壯觀。噴一會兒後，水柱縮回泉口，一切恢復了平靜，彷彿什麼事都沒有發生過。

那把藏刀刺進苗君儒的右肋有兩寸深，幸虧是右邊，若是左邊的話，他絕對熬不了多久，他在馬上顛簸著，鼻腔內不斷有血流出來。也許是血流得太多，漸漸感到不支，大腦也一陣陣的昏厥。為了不使自己掉落馬下，他用左手緊緊抓著小玉的肩膀。

小玉一邊策馬，一邊和伏在她背上的苗君儒說道：「苗教授，你千萬不要睡覺，再挺一下，馬上就要到了！」

在這種高度的地方，尤其是受了傷的人，只要一睡過去，就很難再醒過來。

苗君儒冷得牙齒打顫，低聲道：「放心，我沒事的。不知道那泉水有沒有『神女之淚』那麼好用……你一個婦道人家……怎麼……會……單身……出現在這種地方……你……」

他的聲音越來越低，小玉騰出一隻手，從腰上解下一根繩子，往身後一捲，那根繩子繞過苗君儒的身體，將兩人緊緊捲在一起。

汗血寶馬奮力往山上馳去，經過之處，從馬背上沿途灑下滴滴血跡。

上了一道陡坡，遠遠地看到了那些頂部隱藏於雲層之中的座座雪山，那就是被當地藏民稱之為「神」的卓奧友峰。在卓奧友峰的周圍林林總總的雪峰岩峰尖俏，直插雲霄，試比高低。一道道銀蛇般的冰川和那些千奇百怪、形狀各異的冰塔林，把這群山峰烘托得格外絢麗多姿，氣勢不凡。這裏地形複雜，氣候多變。冰川的兩側山谷為陡峭岩壁、壁下為滾石區，還有冰川消融而形成的冰川湖。

上到一定的高度，腳下全是冰稜，再往上就是白白的冰川帶，那一道道堅實無比的冰川，將整個世界都染成白色，在陽光的映照之下，刺目無比。那樣的地方，不要說人，就是猿猴也爬不上去。

小玉解開繩子，跳到馬下，用繩子將苗君儒與那個昏睡的孩子綁在一起，牽著馬往一道冰川的山谷間行下去。不虧是汗血寶馬，若是普通的馬匹，行到這種地方，只怕早就已經趴下了。

這裏有一條兩尺寬的小道直通到谷底，小玉每走一步都很小心，生怕發出的聲響引發冰川上的冰崩。每走幾步，她都要用手捏一捏苗君儒，怕他暈過去。

好不容易下到谷底。苗君儒勉強睜開眼睛，見到一片碧綠的草地，還有草叢間那些不知名的鮮花，在離他們不遠的前面，有一個冒著熱氣的湖泊。

苗君儒剛要說話，卻從口中噴出一大口鮮血，他再也熬不住，頭一暈，從馬上滾落下來。

也不知過了多長時間，他醒了過來，發覺自己斜著躺在湖邊，渾身一絲不掛，脖子以下浸在水中，頭靠在水邊的草上，腦後墊著羊毛毯。右肋受傷的地方並沒有包紮，水中蕩漾著幾縷血絲。他動了一下，感覺沒有先前那麼痛，傷口也似乎癒合了許多。湖泊中霧氣升騰，水溫大約三十多度，身體泡在水中，覺得極為舒適。空氣中瀰漫著一股奇怪的香味，似蘭非蘭，卻又有點麝香的味道，並不像很多溫泉那樣，只有熏人的硫磺味。

由於霧氣騰騰，看不清整個湖泊的全貌，從山谷的走勢去看，湖泊的面積不少於五百平米，與大湖泊相比，這裏算是小水潭。但在這種地方，面積這麼大的溫泉，還是絕無僅有的。溫泉是從右邊石壁上的一個小洞口流出來的，出水量還不小。沒有冰掛的石壁上，長著一些不知名的雜草和野花，有的地方還從石縫中伸出一枝小樹來。

那屍王就躺在他身邊的草地上，還是如先前那樣昏睡著。

他聽到一陣水響，扭頭循聲望去，見那，有一個女性豐腴的身體在晃動著。他正要欠起身，卻聽得一個女人的聲音傳來：「苗教授，你醒來就好了！」

苗君儒問道：「我暈過去多久了？」

小玉說道：「一個多小時，我真擔心你永遠不會醒過來。當我摸了你的脈搏之後，就知道我的擔心是多餘的，你的體質異於常人，那點傷對你來說，並沒有什麼大礙，在泉水裏再泡多一會兒，過幾天就會痊癒！」

苗君儒說道：「謝謝你！」

小玉一邊用手撩著水，一邊說道：「我應該感謝你才對，要不是因為我，你也不會受傷！」

苗君儒說道：「你還沒有回答我的問題呢，你怎麼會出現在這裏？」

小玉說道：「你不也沒有回答我的問題嗎？令我想不到的是，那個騎在馬上的孩子，居然是一具殭屍，你想把他帶到哪裏去？」

苗君儒也不隱瞞，便把這屍王的來歷原原本本地說了。

小玉問道：「你說那塊玉佩是一個朋友給你的，他人呢？」

苗君儒知道小玉與馬長風的關係，便又把馬長風被紅魔之箭射殺，臨死前要他去找蒙力巴的事情都說了。說完後，他接著問道：「我聽雲頂寺的法敬大法師說，半年前你去找過蒙力巴，你究竟和他談了什麼？」

小玉輕歎了一聲，說道：「苗教授，你真的不應該捲入這件事！」

「可是我已經身不由己了。」苗君儒苦笑道：「現在我只想知道更多有關這件事的經過，兩年前，馬長風在蒙力巴的幫助下，從神殿搶走了絕世之鑰，這兩年來，究竟發生過什麼事情？」

「如果你真的想知道的話，我可以把我所知道的事情告訴你！」小玉把頭沉入湖水中片刻，接著用力往後甩，將一頭飛瀑般的長髮甩至腦後，她轉過身，赤裸的身體正對著苗君儒。

被湖水浸泡過的肌膚顯得異常的白嫩，散發著女性特有的淡淡香味。在這種極具浪漫色彩的地方，如此近距離的面對一個充滿成熟女性魅力的女人，苗君儒還是第一次，他看著眼前的女人，表情有些不自然起來。

小玉倒顯得很大方，並沒有半點羞澀，她上岸從包袱裏拿了一條毛巾模樣的棉布，將頭髮包住，隨即回到水裏，在離苗君儒不遠的地方，將頭靠在岸邊的野草上，身體平躺在水中，開始講述她來這裏的經過。

苗君儒靜靜地聽著小玉那有些幽怨的聲音。正如馬長風自己說的那樣，兩年前，馬長風在蒙力巴的幫助下從神殿搶走了絕世之鑰，就不斷遭到神秘人物的追殺。馬長風將蒙力巴藏在重慶雲頂寺後，又將小玉託付給玉華軒古董店的掌櫃李德財，隻身再去投軍。半年前，小玉收到馬長風從部隊裏寫來的信，要她去雲頂寺找蒙力巴，在那間秘洞裏，她問了蒙力巴很多問題，可是蒙力巴都沒有說，最後，蒙力巴給了她一塊紋著禿鷹的人皮，要她去普蘭，找一個叫拉姆的女人。拉姆在藏語裏是仙女的意思，在西藏，叫拉姆的女人太多了。她在普蘭找了幾個月，都沒有找到那個女人，最後流浪到這裏，吃了人家幾塊青稞餅，卻差點被人剝了人皮。

說完後，小玉從包袱裏拿出一塊顏色發黃的乾人皮，接著說道：「剛才我脫光你的衣服時，發現你身上也有一塊剝下來沒多久的人皮，上面的圖案和我這塊一樣！」

苗君儒低聲說道：「你跟了馬長風那麼久，應該知道神鷹使者吧？」

小玉說道：「我聽說過神鷹使者的傳說，可那都是上千年前的事了！你該不會說，我和你的這兩張人皮，都是神鷹使者的吧？」

「可以這麼肯定！」苗君儒說道：「不過，我到現在還沒有弄清，神鷹使者和神殿是什麼關係。如果神殿就是神鷹使者的老巢，那麼整件事就非常可怕了。」

小玉說道：「神殿是藏民心目中最神聖的地方，而神鷹使者是個邪惡的組織呀！如果真是你懷疑的那樣，有什麼好可怕的？」

苗君儒說道：「你想想，如果蒙力巴真是神殿的叛徒，他好不容易逃出來，為什麼又願意帶馬長風他們進去偷鑰匙？」

小玉說道：「蒙力巴並沒有跟馬長風他們一起去，而是畫了一張神殿所在地方的草圖，而且教他怎麼進去。」

苗君儒問道：「你是怎麼知道的？」

小玉說道：「馬長風一共帶人去了三次，前兩次我都跟著去了，第三次我身體不適，所以就沒跟著去。」

「恰好那一次他們找到了！」苗君儒說道：「上千年來，外人都無法從神殿中把鑰匙偷出來，為什麼他們能夠順利成功？而且他對我說過，那塊《十善經》玉碑也現世了，就放在一家寺院中。這兩樣東西同時現世，你不覺得太湊巧了嗎？」

小玉驚道：「你的意思是，有人故意操控這件事。可是，那個人是誰，又為什麼要這麼做呢？」

苗君儒說道：「這也是我所無法理解的，也許很多事情外人無法知道。」

小玉歎了一口氣，說道：「苗教授，我們回去吧！」

苗君儒問道：「為什麼？」

小玉放好人皮，隨手拿起那塊玉佩，眼中含淚地說道：「兩年前他把我託付給李老闆的時候，我總覺得這件事不簡單，我來西藏的時候，李老闆勸我不要來，還把我關了起來，最後我把門鎖弄斷了，才跑出來的！」

苗君儒想起了他所認識的李德財，問道：「李老闆知道馬長風從神殿搶走了絕世之鑰的事麼？」

小玉說道：「應該不知道，他對這件事保守得很緊。」

能夠將老婆託付的人，定然與馬長風有著非同一般的關係。苗君儒想了一下，說道：「你對李老闆瞭解多少？」

小玉說道：「我被他安置在一處偏僻的鄉下宅院中，平時很少和他接觸，談不上瞭解，只知道他是一個生意人！」

苗君儒看著面前熱氣騰騰的水面，換了一個話題問道：「你說你在普蘭那邊流浪了幾個月，最後來到了這裏，可是你怎麼知道這裏有溫泉的呢？」

小玉說道：「第一次我跟馬長風尋找神殿的時候，就在離定日不遠的地方，遭到一夥蒙面藏民的襲擊，當場死了三四個，傷了七八個，他自己也受了傷，隊伍中有一個叫多吉的人，是他帶我們來這裏療傷的。我聽馬長風說過，多吉是昌都那邊貢嘎傑布大頭人的管家。」

苗君儒微微一驚，果然連貢嘎傑布大頭人也捲進來了。那個叫多吉的管家，現在應該和貢嘎傑布的兒子索朗日札一樣，與康先生他們那些人在一起。

小玉從湖裏走上岸，用一塊長布擦乾了身體，穿上一身紅藍色的女性藏袍，將長髮結成辮子，盤在腦後，打扮得有些像頭人家的小姐。接著說道：「等下這湖水就乾了，你也上來吧！」

說也奇怪，小玉的話剛剛說完，石壁的那個洞口不再冒水出來，湖水就急劇降了下去，沒到兩分鐘，就露出了乾枯的河床。

苗君儒有些尷尬地從湖裏爬上來，用一件藏袍圍住下身，他驚奇地發現，大腿和肋下的傷口已經癒合，只在肌肉上有一條細微的紅線。

據他所知，能夠這麼快速治療傷口的溫泉水，在地球上還是第一次發現。

看著苗君儒那驚奇的樣子，小玉笑道：「怎麼樣，不比你說的『神女之淚』差多少吧！當年我見他們完好無損地從湖裏走上來的時候，也覺得很奇怪！」

苗君儒背過身去，很快穿好了衣服，回身問道：「你怎麼知道這泉水什麼時候流出來呢？」

小玉收拾好包裹，微笑著說道：「有血就有泉！」

苗君儒問道：「什麼意思？」

小玉說道：「很簡單，只要在那邊的洞口灑上幾滴血，泉水就流出來了，兩個小時之後，泉水就會消失！」

要用鮮血才能引出泉水的地方，苗君儒還是第一次聽到，他不僅有些悵然，在西藏這片充滿神秘的土地上，還有多少神奇的地方，沒有被人類發現呢？作為世界一流的考古學者，他也明白，世界上被人類探知的古文明，還不到百分之一，而地質方面的探索，就更加微乎其微了。

谷口那邊出現了十幾個人，由於距離太遠，看不清對方的樣子。

小玉低聲說道：「也許是那個大少爺帶著人循著你的血跡找來了！」

苗君儒說道：「他們已經被那支紅魔之箭嚇壞了，還敢找過來麼？」

待那些人走近了些，他們終於看清了對方的樣子，居然就是康禮夫他們一行人。

小玉低聲說道：「走在最前面的那個老頭子，就是我對你說過的貢嘎傑布大頭人的管家多吉。」

多吉走在最前面，身後的那個人就是一度被董團長懷疑不是正常人的林正雄。緊跟著林正雄的兩個人，一副受了傷的樣子。劉大古董扶著康禮夫，走在隊伍的中間。隊伍後面的幾個藏兵，走路都歪歪斜斜的，也好像受了傷。

當那些人走近了的時候，苗君儒從藏身的地方走出來。林正雄看到苗君儒時，臉上的表情顯得十分古怪，康禮夫跌跌撞撞地跑上前，驚喜地叫道：「苗教授，你怎麼在這裏？好啊，好啊，我們終於又在一起了！」

多吉看清小玉之後，用生硬的漢語問道：「是你帶他來的？」

小玉點了點頭：「他為了救我，被定日鎮上一個大少爺家的凶奴給傷了！」

受傷最重的是貢嘎傑布的兒子索朗日札，傷口在腹部，血流了不少，把下身的衣服全染紅了，不過人還有些清醒，不斷發出呻吟。另外的幾個傷勢要輕一些，但也流了不少血。

多吉走到石壁前的那個洞口，雙手合什，仰頭向天，口中念念有詞，片刻後，他拔出腰間的短刀，在手上劃了一道口子，讓鮮血滴在洞口。那鮮血滴在洞口的石壁上，居然瞬間滲透了進去，再也尋不見了。

平地刮起一陣勁風，吹得眾人的衣服獵獵作響，勁風過後，從岩壁上的那個洞內傳來咕嚕咕嚕的水響，緊接著，一大股泉水從裏面噴出來，湖裏的水也很快漲了上來，速度之快出人意料。那幾個藏兵並不在意旁邊有女人，把索朗日札的衣服剝光，並將他平躺在水中，自己也脫了衣服，跳到水裏。

其他的人也陸續脫了衣服泡到水裏。苗君儒看著劉大古董那佝僂的背影，這麼大年紀的人，跟著老闆一同出生入死，也算是一個忠僕。當他看到劉大古董那雙赤裸的雙腳時，似乎想到了什麼。

康禮夫對苗君儒說道：「苗教授，我知道你有很多問題要問我，不急，不急，有的是時間呢！」他從身上拿出一塊錦緞來，說道：「你先看看這上面拓下來的文字，看看能不能找出一點線索來！」

苗君儒接過那塊錦緞，他無須細看，就知道是從度盧寺那塊古梵文的《十善經》玉碑上拓下來的。其實他在度盧寺的時候，就已經見過那塊古梵文的《十善經》玉碑，並把上面的文字默記了下來。

當年桑布扎翻譯的幾部佛經中，有一部名為《十善經》，主要講解佛教「十戒」（或稱「十善法」）。「十戒」的內容包括「身三」：即不殺、不盜、不淫；「口四」：即不兩舌、不惡口、不妄言、不綺語；「意三」：即不貪、不嗔、不癡。身、口、意代表了行為、語言和思想。

「十戒」源於「五戒」，而又與「五戒」側重不同。「五戒」側重於止惡，而「十戒」側重於行善。由「十戒」而來的「十善」即以不淨觀離貪欲，以慈悲觀離嗔恚，以因緣觀離愚癡，以誠實語離妄語，以和合語離兩舌，以愛語離惡口，以質直語離綺語，以救生離殺生，以佈施離偷盜，以淨行離邪淫。「五戒十善」是佛教倫理道德的基礎。以佛教的觀點，守「五戒十善」可確保投生人天善趣，免墮三途，即使今生不能解脫，來生仍可繼續修持。

他對藏語和古梵文有所研究，也見過這兩種版本的《十善經》，但他知道，經文在翻譯的過程中，會有不少文字上的偏誤，只要大體的意思相同就行。即使是同一種版本的經文，由於所抄的人不同，有些地方的文字也不會相同。《十善經》玉碑上玄機究竟在哪裏，一下子還真看不出來。

小玉走了過來，低聲問道：「苗教授，你會跟他們一起去麼？」

苗君儒苦笑道：「我答應過康先生，要幫他找到寶石之門！」

小玉說道：「要想找到寶石之門，除了擁有絕世之鑰外，還要找到寶石之門所在的地方，破解那三個機關才能進去。這麼多年來，從來沒有人找到那個地方。」

苗君儒指著手裏的錦緞，說道：「這上面的文字，就是從那塊古梵文的《十善經》玉碑上拓下來的！」

小玉的臉色微微一變，說道：「我來西藏的時候就聽人說過，那塊隱藏有寶石之門入口路線圖的古梵文《十善經》玉碑，就放在一間寺院的經堂裏。西藏有那麼多家寺院，誰知道放在哪一家呢？」

苗君儒看了看泡在泉水中的康禮夫，說道：「可是有人找到了！」

小玉說道：「所以他讓你破解那上面的文字？」

苗君儒說道：「單看這上面，實在看不出有什麼不同的地方！鑰匙玉碑上的玄機真的那麼容易解開的話，就留不到今天。」

小玉問道：「那怎麼辦？」

苗君儒說道：「還能怎麼辦，走一步看一步！」

說完後，他不再說話，低頭看著手中的拓片，看了許久，也看不出什麼問題來。那屍王似乎清醒過來，走到他的身邊坐下，像孩子一般扯著地上的野花玩。

不知道什麼時候，康禮夫他們從湖裏上來，那一湖的泉水，竟也如先前那樣，奇蹟般的消失了。

康禮夫在林正雄和劉大古董的陪同下，來到苗君儒的身邊，問道：「苗教授，看出一點什麼沒有，那上面都是古梵文，沒有幾個人認得的！」

苗君儒說道：「這上面的古梵文與我見過的古梵文版本的《十善經》，沒有什麼不同！」

康禮夫說道：「也許就是那麼一點不同，才是尋找寶石之門入口的線索。」

劉大古董也說道：「董團長呢？他不是和你一起的麼？」

苗君儒把從昌都開始，一直到現在的經過大致說了一遍，當涉及丹增固班老頭人和董團長的一些事情時，他也做了一些隱瞞，並沒有完全說出來。他那麼做的原因，是因為他肯定增固班老頭人和董團長這兩個人身上，還有令他無法解開的謎團。

本來有兩個藏兵在逗那屍王玩的，聽了他的話之後，嚇得逃到一邊。

多吉問道：「他真是屍王？」

苗君儒說道：「如果你不相信，可以去試試！」

那些人都畏懼地看著屍王，沒有一個人敢上前。

康禮夫笑道：「我早就說過，你苗教授不同常人，我找你幫忙沒有錯。你現在有問題，儘管問就是！」

苗君儒問道：「為什麼要殺度盧寺的活佛，是誰殺的？」

康禮夫似乎吃了一驚：「你不問我們在昌都發生了什麼事，也不問貢嘎傑布大頭人是怎麼死的，卻問這個問題？」

苗君儒說道：「我想知道什麼，自然就會問什麼！」

林正雄回答道：「是我殺的，他不讓我們拓走玉碑上的文字！」

苗君儒說道：「是多吉帶你們去度盧寺的？」

多吉說道：「是的。包括來這個地方。幾年前，我就帶這個女人和她的男人來過！」

苗君儒說道：「這裏根本不是貢嘎傑布大頭人的地盤，按照正常的規矩，你既然是管家，沒有主人的吩咐，是絕對不敢外出的。你這麼說的話，就足以說明你對這一帶的地形相當熟悉，你是這裏的人麼？」

多吉點頭道：「你猜得一點都不錯，我是吉隆那邊人，是德格大頭人手下的平民，我年輕的時候，經常跟著商隊到印度和你們漢人的地區去做生意，所以對這一帶的路線都熟。今天帶人傷你的，是這裏的頭人旺桑羊頓老爺家的大少爺！你所說的紅魔之箭，原來只有巴依族人會用，不過，有些藏匪也會用。你說你見過神鷹使者，我有些不信，那個神秘的組織已經消失了上千年，怎麼有可能出現呢？」

剛才這些人脫衣下水的時候，苗君儒並沒有看到誰的胸前有禿鷹的標記。

康禮夫問道：「苗教授，你有沒有想過，是什麼人要救你？」

苗君儒說道：「我也不清楚！」

康禮夫看著苗君儒手上的拓片，說道：「既然你見過那塊玉碑，就更加容易破解裏面的玄機了！說吧，你還想知道什麼？」

苗君儒說道：「董團長對我說過，知道得太多，對我沒有好處！」

康禮夫「哦」了一聲，顧自笑了笑，接著說道：「你苗教授是個聰明人，知道什麼該問，什麼不該問！」

「要不然的話，我怎麼能夠活到今天？」苗君儒看了看站在不遠處的小玉，說道：「我們就這麼一點人，怎麼去找寶石之門？」

康禮夫呵呵笑道：「尋找寶石之門的，可不止我們這一點人，我早就說過，我喜歡刺激！」

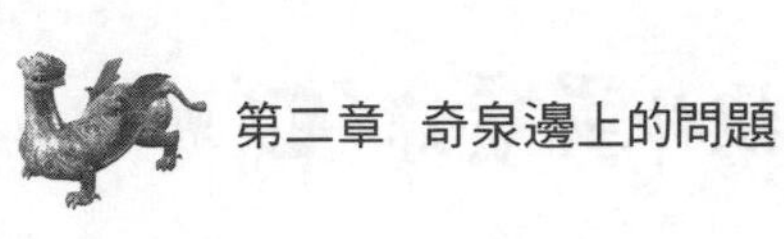

他這番話裏含有多重意思，那幾個人聽了之後，相互望了望，誰也沒有說話。過了好一會兒，劉大古董才說道：「天快黑了，我們總不能留在這裏過夜吧？」

苗君儒說道：「那就要看多吉怎麼安排了！」

多吉朝大家看了一眼，說道：「本來我們可以去旺桑羊頓老爺家，可是苗教授衝撞過他家大少爺，所以就不好去了。雖然鎮上有客館，可是我們這麼多人，怕會發生什麼意外。依我看，離這裏不遠有一座寺院，我和寺院的活佛認識，我們可以去那裏住。」

一行人打點行裝，朝來路走回去。

多吉走在苗君儒的身邊，低聲說道：「這匹汗血寶馬是老頭人最心愛的東西，他怎麼捨得給你？他是不是求你幫他做什麼事情？」

苗君儒說道：「你認為他會求我做什麼事？」

多吉和索朗日札相互望了一眼，沒有再說話，走到前面去了。

小玉似乎不懼那屍王，拉著那屍王的手，一副很親熱的樣子。苗君儒見那屍王完全沒有了原先的靈氣，那呆滯而茫然的神色，如同一個十歲左右的弱智兒童。

他拉著馬跟在他們的後面，從背後吹來一陣風，竟讓他感覺有股透骨的涼意。他看著走在前面的那幾個人，覺得他們每個人的身上，都有著不為人知的秘密。

這些人是為了尋找寶石之門而走到一起來的，一旦找到之後，會發生什麼事情，誰都無法預料。

最令他懷疑的，是那個叫多吉的管家，當他提到貢嘎傑布大頭人的死訊時，索朗日札的眼中閃現了一絲淚光，神色也有些悲戚。但多吉卻無動於衷，言談舉止之間，似乎沒有把索朗日札這位大少爺放在眼中。

若多吉還有另外一重身分的話，那就太可怕了。

第三章

一千年前的死人

苗君儒說道：「能不能告訴我，
殺死智者的將軍是誰，也許我能夠找到一些線索！」
巴仲活佛說道：「你見過的，他給你身邊的屍王灌過頂！」
苗君儒驚道：「就是那個我見過的活佛？
可是那個活佛是活人，而那個將軍，卻是一千……」

普德寺座落在距離定日不遠的一個山谷裏，路是從鎮子邊上繞過去的。由於被大山遮擋著，從拉薩那個方向過來的人完全看不到。

苗君儒他們離開了奇泉所在的山谷，沿著崎嶇而險峻的山路往回走，山路上竟是結著冰渣的石塊，有的石塊稜角分明，鋒利無比。

下了陡坡，遠遠地看到前面有十幾個人，還有不少犛牛和馬匹。近前之後，才知道都是索朗日札帶出來的隨從。

那些隨從一個個身強體壯，背上背著長枝步槍，腰裏還插著盒子槍，還有一把藏刀。苗君儒不禁心生疑竇，有這樣的隨從保護，索朗日札怎麼會輕易受傷，而且傷得那麼重？

苗君儒和那屍王仍騎他的汗血寶馬，多吉命隨從勻了一匹馬給小玉。一大群服裝各異的男人中間，有這麼一個看上去極為不合群的女人，顯得有些怪異。

但是這種怪異，並沒有引來旁人希奇的眼光，因為天色將晚，鎮子上的集市早已經散了，不久前還人潮蜂湧的集市上，居然看不到一個人。

而鎮子上的居民，也都關門閉戶，沒有人在街上亂走。

莫非發生了什麼事？

再往前走了些，看到集市的一個角落裏倒著幾個人。不消別人吩咐，兩個索朗日札的隨從策馬過去，看了一會兒，回來對索朗日札報告：「死的是幾個漢人！」

苗君儒一驚，和康禮夫他們幾個人策馬來到那幾具屍體邊，果然是幾個穿著漢人服飾的男人，每個人身上至少有兩處致命的刀傷。衣裳凌亂不整，屍體好像被人搜查過。他下了馬，檢查了一下屍體，正如他猜測的那樣，屍體身上找不到任何東西。不過，其中的兩具身上，都有槍傷留下的疤痕。

這幾個人的身上不可能沒有帶槍，也許是在近距離內突然遭人襲擊，來不及作出反應就命喪他人之手。

劉大古董說道：「他們不是董團長的手下！」

這一點苗君儒也知道，董團長的那些手下他都認識，問題是這些人是什麼人，為什麼會死在這裏，是什麼人殺了他們？

劉大古董對索朗日札叫道：「麻煩叫你的人幫忙，把他們拖到鎮子外面去找個地方埋了！」

幾個隨從過來，將那幾具屍體抬到犛牛背上，往鎮子外面去了。

一行人沿著鎮子邊上的一條小路往前去，康禮夫和劉大古董低聲說著話，誰也聽不清楚他們在說什麼。

苗君儒對小玉說道：「你不是想回去嗎？要不叫索朗日札的隨從送你回去？」

小玉說道：「不用他們送，我自己能走。明天一大早就走！」

一個女人家，行走在處處充滿危險與死亡的地方，實在讓人不放心，但是轉念一想，她既然能夠在這種地方流浪幾個月，未嘗沒有保護自己的本事。苗君儒想了想，低聲說道：「馬長風已經死了，你回去之後，好好找個人家，平平安安地過下半輩子，不要再在外面顛沛流離。人，總是要一個好歸宿的！」

他最後那一句話，既是說給小玉聽，也是說給自己聽的。這一次跟著康禮夫出來尋找寶石之門，也不知道有沒有命回去。

像他這種經歷過無數生死與險難的人，早已經把死亡看得很輕淡，只是心中仍有事情牽掛著，不捨得，也捨不得放棄。

小玉說道：「謝謝苗教授的好意！」

走過山腳的彎道，看到路邊倒著一具屍體，那是不遠千里而來的朝聖者。在西藏這片充滿佛教人生理念的地方，隨處可見朝聖者的遺體。他們日積月累地經歷千山萬水的跋涉，在信念的支持中用身體去丈量朝聖的路程。藏族人修來世，儘管在朝聖的路上經歷了身體和思想雙重的磨難，但他們將毫無怨言地承受著，用今生的苦難去求得來生的平安和吉祥。

暮色之中，隱約可見前面山谷內那金碧輝煌的寺院建築。

多吉帶著兩個隨從走上了寺院的山門，其餘的人則在山門的台階下面等著。

在西藏的任何一家寺院，在沒有得到寺院僧侶的同意之前，任何人是不得隨意闖進去的，尤其是外族陌生人。

過了一會兒，多吉和兩個穿著褚紅色僧袍的喇嘛出現在山門口，朝眾人揮了揮手。

大家各自下馬沿著台階往上走。按寺院的規矩，牛羊騾馬都屬於污穢之物，是不能進入寺院的，留在山門前，自然會有人照顧。

索朗日札和那些隨從在進山門的時候，都毫無例外地雙手合什，朝喇嘛施禮，劉大古董和康禮夫他們也入鄉隨俗。苗君儒走到那兩個喇嘛身邊時，雙手合什低聲問道：「請問，有沒有像我一樣的漢人到寺院裏來投宿的？」

由於苗君儒穿著藏袍，加之天色已晚，不仔細看，還真看不出他是漢人。那兩個喇嘛驚異地看著他，過了片刻才回答道：「沒有！」

其中一個喇嘛說道：「我昨天聽旺桑羊頓老爺家的僕人說，他們家來了幾個漢人！」

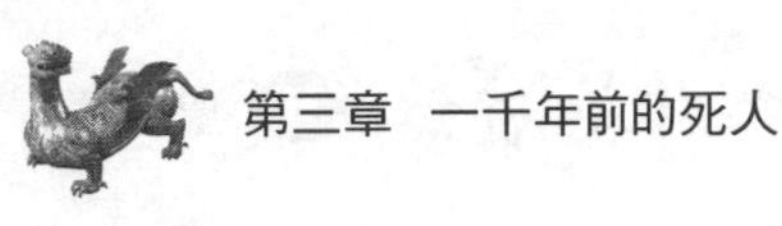

走在康禮夫身邊的劉大古董卻說道：「會不會就是被殺死的那幾個人？」

他說的是漢話，那兩個喇嘛聽不明白。苗君儒與康禮夫對視了一眼，誰都沒有說話。大家跟著那兩個喇嘛進了山門，沿著紅色的圍牆往裏面走。進了一扇小門後，是一條木製的長廊，長廊上一個緊挨一個的是一米多高的轉經筒。長廊上每隔一段路就有一盞酥油燈，讓人能看清這些轉經筒的樣子，經筒的下面繪製了吉祥八寶的圖案，上面用金字在木質的紅底上書寫了藏語的六字真言：唵、嘛、呢、叭、咪、吽。所有寺院的經筒裏面，都刻繪有一部可以脫輪迴之苦的「六字大明咒」經卷，轉經筒每轉動一次相當於念頌經文一次。虔誠的藏族人嘴裏的誦經也隨著轉經筒的聲音，由底到高連綿起伏。轉經筒在不斷轉動的時候，似乎在反覆念誦成百倍千倍的六字真言。

當大家從轉經筒旁邊走過時，轉經筒突然發出轟隆隆的轉動聲，自行轉動起來。那兩個在前面帶路的喇嘛忙跪伏在地上，口中不住地禱告著。索朗日札和多吉以及那些隨從，也都一個跪伏在地，不住地磕頭。

沒多一會兒，十幾個持著法杖的喇嘛擁著一個活佛模樣的老喇嘛，從走廊的另一頭走了過來。那活佛朝轉經筒合什施禮，大聲禱告了一番，接著用手指著苗君儒他們說道：「你們之中有不祥之人！」

苗君儒大驚，他早領略過藏族佛教的神秘和奇特，但那些都是針對高僧和聖物而言，沒想到寺院中最常見到的轉經筒，居然也有那種靈氣。

聽活佛這麼說，幾乎所有的人，都把目光投向小玉身邊的屍王。

有一個喇嘛在旁邊介紹道：「這是本寺德高望重的巴仲活佛！」

巴仲活佛慢慢走過來，所有的人自動讓開一條路，退到走廊的邊上。令人驚奇的是，活佛所經過之處，那些經桶自動停止了轉動。

隨著巴仲活佛的腳步一步步近前，那屍王的口中發出悲哀的嗚咽，身體靠在小玉的肋下。

巴仲活佛走到屍王的面前，正色說道：「人非人，妖非妖，魔非魔，善惡只在一念之間！你不是人，所以那個不祥之人，並不是你！」

巴仲活佛剛把手伸到屍王的頭頂，突然出現一道亮光。巴仲活佛踉蹌著退了幾步，被身後的喇嘛扶住，驚道：「他是不是被什麼人碰過？」

苗君儒上前，朝巴仲活佛施禮，把在路上遇到那幫神秘喇嘛的事情給說了。接著，他提出把屍王託付給巴仲活佛。

巴仲活佛點點頭，說道：「當烏雲遮住了太陽，天神就要發怒了。他已經被邪惡力量灌了頂，以我的法力，也不能幫他，你還是帶著他走吧！」

苗君儒說道：「那好吧！」

巴仲活佛說道：「你帶著他馬上離開這裏！」

苗君儒驚道：「為什麼？」

巴仲活佛說道：「因為你就是那個不祥之人！」

巴仲活佛此言一出，康禮夫和索朗日札他們都驚呆了，誰都想不到活佛指的那個人就是苗君儒。

苗君儒張了張口，說不出一句話來，他知道活佛說出這樣的話，自然有活佛的道理，他沒有理由去辯解，轉身扯著屍王的手，向外面走去。

小玉緊跟幾步，說道：「苗教授，我跟你走！」

劉大古董叫道：「苗教授，你要去哪裏？」

苗君儒頭也不回地說道：「我不會走遠的，在山門外找個背風的地方就行！」

一男一女，外加一個屍王，在眾人的目光中離開了寺院。

這一地區的海拔都在四千米以上，不要說是晚上，就是大白天，從雪山上吹來的風，也能冷得人全身發抖。

即使是這樣的季節，夜晚的溫度都在零下二十至三十度左右。沒有特殊情況，藏民們是不會在野外過夜的。

苗君儒其實可以去鎮上的客館住宿，可他一想到巴仲活佛說過的話，便斷了那樣的念頭。對於平靜而祥和的高原而言，他這個有可能帶來災難的漢人，難道不是不祥之人麼？

小玉拉著屍王走在前面，苗君儒牽著兩匹馬跟在他們的身邊。夜色清冷，遠處雪山頂折射過來的光線，猶如陰曆十五時候的月光，在這樣明亮的夜色下，使人能夠看到五百米內的任何景物。

苗君儒默默地走著，有節奏的馬蹄聲打破了夜色中的寂靜。當寺院漸漸消失在身後的時候，他看了看遠處白色的雪山，感覺自己是多麼的無助。

「苗教授，你看，那是什麼？」小玉指著左前方山坡上一處黑乎乎的地方說。

苗君儒仔細看了一會兒，說道：「看上去有點像一座石頭壘成的屋子，不知道有沒有人住！」

小玉說道：「過去看看，要是沒人住就好了！」

苗君儒把馬韁交到小玉的手裏，吃力地爬上去。近前一看，果真是一棟石頭壘成的屋子，雖然有些破損，但整體還不錯，更令他高興的是，屋子裏還放著不少乾草和乾牛糞。

海拔太高的地區大多是冰川和石頭峭壁，樹木稀少，藏民們燒火用的都是乾牛糞的。這一屋子的乾草和乾牛糞，也不知道是什麼人囤放在這裏的。

把小玉叫上來之後，苗君儒將那兩匹馬繫在背風的那一面，抱了幾捆乾草放在牆地下，有這幾捆乾草，兩匹馬都不會餓著。

從馬背上拿下羊毛氈和一些食物，把羊毛氈鋪到乾草上，用打火機點燃了一些乾草，放上幾塊乾牛糞。很快，火堆就旺起來了，小屋內瀰漫著一股刺鼻的怪味。

他拿了兩個蘋果給屍王，屍王接過來啃得很起勁。他和小玉吃了一些東西，各自找地方躺下，看著面前忽明忽暗的火堆。

過了一會兒，他問道：「其實你可以留在寺院裏的！」

小玉說道：「跟在你身邊，我覺得安全！」

「我是個不祥之人。」他說道：「今天晚上你還跟著我，到了明天，我們就是陌路人了！我聽馬長風說過，他在這邊還有幾個朋友，憑你和他的關係，怎麼沒想到要去找他的朋友幫忙呢？」

小玉說道：「其實我也想過，但是我擔心他那些朋友知道了他搶走神殿聖物的事，都想來分一杯羹。多一事不如少一事，所以我寧可一個人獨行！」

苗君儒問道：「鎮上死的那幾個人，你認識他們，對不對？」

小玉問道：「你怎麼知道我認識他們？」

苗君儒說道：「因為當你看見他們的屍體時，你的眼神出賣了你！」

小玉歎了一口氣，說道：「是的，我認識他們中的一個，那個人曾經是馬長風的兄弟，叫羅強！」

「哦！」苗君儒說道：「馬長風對我說，他搶出絕世之鑰後，失去了最後幾個跟隨他多年的兄弟。」

小玉點頭道：「他也這麼跟我說，所以當我第一眼看到羅強的時候，也覺得不可思議，但是他實實在在地活著！」

苗君儒問道：「你是在哪裏遇上他的？」

小玉說道：「普蘭！我不明白他怎麼會出現在那裏，而且身邊還有好幾個人。有一次他們抓住我，把我關在一間小屋裏，問我來這裏做什麼，還問馬長風在哪裏，我都說了。他們並沒有過多的為難我，只是不讓我離開那間屋子。我後來找了一個機會跑了出來，如果不是看到他們的屍體，我也不知道他們會一直追我追到這裏。」

苗君儒想到，也許那幾個人就混跡在人群中，看到他救了小玉之後，商量著找機會下手。可是當他受傷後，和小玉一同跑出鎮子後，應該是那幾個人下手的最好時機，可是他們並沒有追上來。還有一種情況，就是他與小玉離開鎮子後，那幾個人才趕到這裏，至於他們為什麼被殺，是被什麼人所殺，那就只有他們自己才知道了。

當年他認識馬長風的時候，就認識了羅強，這個外表斯文的人，說話總是慢條斯理的，給人一副高深莫測的樣子。他聽馬長風說過，羅強很有些本事，腦袋裏的彎彎繞繞很多，是隊伍裏的「軍師」。他們的隊伍能夠發展得那麼好，不被漢藏兩邊的官兵所剿，都是羅強的功勞，而隊伍盜挖古墓，做點古董生意，也是羅強想出來的。

這樣的一個關鍵人物，馬長風和他見面的時候，居然沒有提起，一句失去了最後幾個跟隨他多年的兄弟，就掩飾過去了。

若是小玉沒有說謊，那就是馬長風騙了他。

他覺得那幾具屍體的背後，似乎還隱藏著什麼，最大的疑問，就是一個已經死了的人，為什麼還活在世上？為什麼又會出現在普蘭？他在那裏做什麼？他想了想，一時間也沒有辦法想清楚。

兩人又聊了一會兒，苗君儒靠著草甸沉沉睡去。也許是太累，也許是別的什麼原因，他睡得很沉，當他被小玉發出的叫聲驚醒，發現面前站著好幾個人。都是寺院裏的喇嘛，每個人的手裏都拿著法杖。小玉被一個個子高大的喇嘛緊緊地抓著，不斷發出叫聲。

苗君儒一骨碌起身，朝那幾個喇嘛問道：「巴仲活佛不容我在寺院裏，難道這裏也不願讓給我們休息麼？」

為首一個喇嘛朝苗君儒施禮道：「巴仲活佛想請你去一趟！」

苗君儒左右看了一下，沒有看到那屍王，他的心底猛地打了一個寒戰，問道：「你們來的時候，沒有看到那個孩子麼？」

為首那個喇嘛說道：「沒有，我們進來的時候，只看到你們兩個人！」

他來不及與那喇嘛說話，快步衝出屋子，只見那兩匹馬還在那裏，屋外還有十幾個喇嘛，他張目四望，茫茫夜色間，哪裏還看得到屍王的影子？

他想起在贊普陵墓那裏遇到的翁達贊普，莫非翁達贊普還是捨棄不下屍王，帶著手底下的殭屍追過來了？

可是月已西沉，沒有月光的陰氣，翁達贊普無法令屍王拜月。再者，屍王被那神秘活佛灌了頂，屍性與魔性被壓制，就算被翁達贊普找到，充其量也就是一具普通的殭屍，根本沒有用的。

為首那個喇嘛走出來說道：「請跟我們走吧！」

苗君儒也不知道寺院活佛這麼晚請他回去做什麼，不過從那些喇嘛的神色上看，好像寺院裏出了什麼大事。莫非也像度盧寺那樣，發生了什麼重大的變故。

他懷著忐忑不安的心情，跟著那些喇嘛回到寺院。剛一進山門，為首那喇嘛說道：「活佛說過，只要你一進山門，就立刻蒙上你的眼睛，帶你直接去見他！」

儘管事態的發展有些令苗君儒摸不著頭腦，但他還是順從地被蒙上了眼睛。那個喇嘛用法杖牽著他往前走，剛走了一段路，苗君儒就分辨出來，與他第一次走的路完全不同。轉來轉去大約走了十幾分鐘，接著往下走。從兩邊的回音判斷，他正被引入一個地下通道。下通道後往左拐，走了大約兩分鐘，帶路的喇嘛停住了，他眼睛上的蒙眼布也被人摘掉。

他睜開眼睛，見對面一張大床上，坐著兩個活佛，其中那一個，正是他先前看見過的巴仲活佛。而另一個，坐在那裏閉目不動，看上去像一尊雕像。

巴仲活佛見了他，起身下床，朝他深深施了一禮。

苗君儒也回了一禮，恭敬地問道：「不知道活佛這個時候叫我來有什麼事情？」

他身後的那喇嘛退了出去，並把那沉重的木門關上。

巴仲活佛望著他，目光深邃而充滿了睿智。過了一會兒，巴仲活佛低聲說道：「你是世界著名的漢人考古學者，你應該知道當年唐朝皇帝出了六道絕世難題，為難七國遣唐使的故事吧！」

苗君儒點了點頭，當年松贊干布派遣唐使祿東贊，前往長安求婚，不料，天竺、大食、仲格薩爾以及霍爾王等同時也派了使者求婚，他們均希望能迎回賢慧的文成公主做自己國王的妃子。為之，唐太宗李世民非常為難。為了公平合理，他決定讓婚使們比賽智慧，誰勝利了，便可把公主迎去，這便是歷史上的「六試婚使」（又稱「六難婚使」，也有「五試婚使」之說，拉薩大昭寺和布達拉宮內至今完好地保存著描繪這一故事的壁畫）。

唐太宗李世民同大臣們商量，出了幾個難題來考這七位使者。

第一個難題：綾緞穿九曲明珠，即將一根柔軟的綾緞穿過明珠（有說漢玉）的九曲孔眼。比賽開始，由於吐蕃以外的使臣們有勢力，所以他們搶先取去，絞盡腦汁，怎奈幾晚也沒有穿過去。而聰慧的祿東贊坐在一棵大樹下想主意，偶然

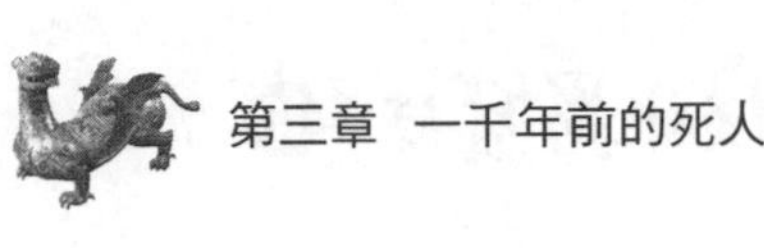

發現一隻大螞蟻，於是他靈機一動，找來一根絲線，將絲線的一頭繫在螞蟻的腰上，另一頭則縫在綾緞上。在九曲孔眼的端頭抹上蜂蜜，把螞蟻放在另一邊，螞蟻聞到蜂蜜的香味，再借助祿東贊吹氣的力量，便帶著絲線，順著彎曲的小孔，緩緩地從另一邊爬了出來，綾緞也就隨著絲線從九曲明珠中穿過。

第二個難題：辨認一百匹馬和一百隻雞的母子關係。比賽開始，但見各位婚使輪流辨認，有的按毛色區分，有的照老幼搭配，有的則以高矮相比，然而都弄錯了。最後輪到祿東贊，得到馬夫的指教，他把所有的母馬和馬駒分開關著，一天之中只給馬駒投料，不給水喝。次日，當眾馬駒被放回馬群之中，牠們口渴難忍，很快均找到了各自的母親吃奶，由此便輕而易舉地辨認出牠們的母子關係。

緊接著，唐太宗李世宗又出題讓指認百隻雛雞與百隻母雞的母子關係。這件事又把其他婚使難住了，誰也指認不清。祿東贊便把雞隻趕到廣場上，撒了很多食料，母雞一見吃食，就「咯、咯、咯」地呼喚小雞來吃，只見大多數小雞跑到自己媽媽的頸下啄食。但仍有一些頑皮的小雞不聽呼喚，各自東奔西跑地去搶食，於是祿東贊學起鷂鷹「瞿就兒——瞿就兒——」的叫聲，小雞聽見，信以為真，急忙鑽到了各自母親的翅膀下藏起來，母雞與雛雞的關係再被確認開來。

第三個難題：規定百名求婚使者一日內喝完一百罈酒，吃完一百隻羊，還要把羊皮揉好。比賽開始，別的使者和隨從匆匆忙忙地把羊宰了，棄得滿地又是毛，又是血；接著大碗地喝酒，大口地吃肉，肉還沒有吃完，人已酩酊大醉，哪裏還顧得上揉皮子。祿東贊則讓跟從的一百名騎士排成隊殺了羊，並順序地一面小口小口地咂酒，小塊小塊地吃肉，一面揉皮子，邊吃邊喝邊乾邊消化，不到一天的功夫，吐蕃的使臣們就把酒喝完了，肉吃淨了，皮子也搓揉好了。

第四個難題：唐皇交給使臣們松木一百段，讓他們分辨其根和梢。祿東贊遂令人將木頭全部運到河邊，投入水中。木頭根部略重沉入水中，而樹梢那邊較輕卻浮在水面，木頭根梢顯而易見。

第五個難題：夜晚出入皇宮不迷路（也有說是辨認京師萬祥門內的門）。一天晚上，宮中突然擂響大鼓，皇帝傳召各路使者赴宮中商量事情。祿東贊想到初來乍到長安，路途不熟，為不致迷路，就在關鍵路段做了「田」字記號（也有說是塗上顏色）。到了皇宮以後，皇帝又叫他們立即回去，看誰不走錯路回到自己的住處。結果，祿東贊憑著自己事先做好的記號，再次地取得了勝利。

第六個難題：辨認公主。這天唐太宗李世民及諸部大臣來到殿前親自主試。但見衣著華麗、相貌彷彿的三百名（也有說五百名或兩千五百名）宮女，分左右兩隊依次從宮中排開，宛如三百天仙從空中飄來，輕盈、瀟灑、俊美，看得人眼花繚亂。其他使者都沒有主意，不知哪位才是文成公主，惟獨祿東贊因為事先得到了曾經服侍過公主的漢族老大娘的指教，知道了她的容貌身體特徵：體態娟麗窈窕，膚色白皙，雙眸炯炯有神，性格堅毅而溫柔，右頰有骰子點紋，左頰有一蓮花紋，額間有黃丹圓圈，牙齒潔白細密，口生青蓮馨味，頸部有一個痣。祿東贊反覆辨認，最後終於在左邊排行中的第六位認出了公主。

遣唐使祿東贊憑藉自己的超人智慧，完成了松贊干布交給他的使命。貞觀十五年（六四一年），文成公主在唐送親使江夏王李道宗的伴隨下，出長安前往吐蕃。這場政治婚姻給吐蕃帶來了翻天覆地的變化，在未來的四十年中，吐蕃的政治經濟、農業、手工業、文化、商業等各種領域，得到了空前的發展。文成公主在吐蕃生活了近四十年，一直備受尊崇。

苗君儒說道：「那些史實我自然知道，你到底想要對我說什麼？」

巴仲活佛說道：「當年大相（指祿東贊）遠赴長安求婚，成功解答了大唐皇帝提出的六個難題，其實這一切的功勞，都歸於一個人！」

對於史料上的記載，苗君儒也不加置否，有些史料的記載往往失真，把真實的事件塗抹掉。作為考古學者，他自然清楚當年的情況，每一國的使節都有自己的智囊團，若依一人之力，祿東贊就是再有本事，也不可能把那六個難題成功解開。功勞雖然歸祿東贊，但實際出主意的，自然是智囊團。活佛既然說了歸於一個人，那個人肯定不是祿東贊，更不可能是整個智囊團，應該是智囊團中的某一個人。他當下問道：「那個人是誰？」

巴仲活佛說道：「你知不知道堪布智者？」

苗君儒對佛教在西藏的發展歷程，還是知道不少的。西元七世紀，佛教從大唐和印度兩個方向傳入西藏。大唐這邊，自然是隨著文成公主入藏帶去的；而印度方面，則是一個經歷了一百年左右的弘法，到赤松德贊時，僧伽制度已初步建成，藏傳佛教「不論大小、顯密、禪教、講修兼收並舉，營造了前弘期的極盛時代」。他在研究西藏歷史的時候，看到過有關堪布智者的史料。

傳說堪布剛開始的時候，並不是智者，名字也不叫堪布，姓什麼名什麼，已經無從稽考。他受釋迦牟尼佛的指引，帶著十二個族人翻越茫茫雪山，步過萬丈溝壑，經歷了種種險難，終於到達了目的地。幾年後，堪布帶著當初同去的十二個族人回到了西藏，儼然成了智者。他在藏王松贊干布的面前講經說法後，得到藏王的青睞，在幫藏王制定了「十善法律」後得到了堪布智者的封號。在藏語裏，堪布是個僧職。儘管堪布智者率領弟子一直都在努力地弘揚佛教，可受很多因素的影響，成效不是很大。直到文成公主進藏，佛教受到吐蕃王室和各級官員

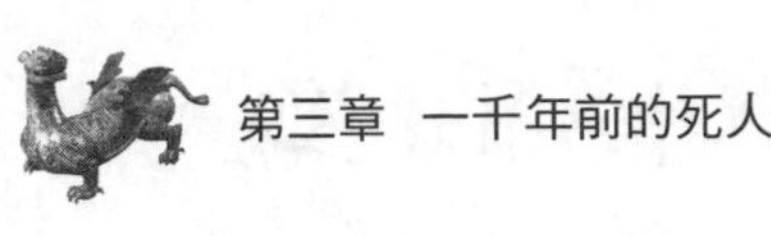

的青睞和信仰，並大力扶植，才迅速發展起來。

西藏史料以及佛教史料上，對於堪布智者的描述並不多，至於是什麼原因，那就有待後人去研究了。

巴仲活佛繼續說道：「當年桑布扎大相帶到大唐去的十二個智者中，為首的就是堪布智者。大唐皇帝提出那六道難題，其實就是堪布智者教大相解答的！」

苗君儒皺了皺眉，低聲說道：「雖然史料中沒有那方面的記載，但是我相信你的話。不過，我想知道的是，你究竟想告訴我什麼？」

巴仲活佛回身望了一眼大床上的那個活佛，低聲說道：「在你面前的，就是堪布智者！」

苗君儒朝那個活佛望了一眼，雖然看上去像雕像，可怎麼看，都同一個活人沒有區別，並不似死了上千年的乾屍。他知道有些佛教高僧在圓寂後真身不滅，形成琉璃金剛體。有一次去廣東那邊考古，在韶關南華寺中見到了六祖惠能的千年真身。

苗君儒朝那具真身施了一禮，他這時候已經感覺到，活佛叫人把他帶到這裏來，絕對不是告訴他這點事那麼簡單。

巴仲活佛念了一聲佛號，接著說道：「你既然是來尋找寶石之門的，自然知道桑布扎大相帶人尋找寶石之門的事，也知道達達小贊普叛變後，遭藏王滅族的事！」

苗君儒問道：「難道守護神殿的阿圖格部落，是堪布智者從藏王的刀口下救下來的？」

巴仲活佛微笑道：「當年堪布智者從藏王的刀口下救下了十男十女阿圖格部落的人，並命他們永遠居住在那個山谷中，守護著神殿的秘密。可是過去了一千多年，終於有阿圖格部落的人走出了那個山谷，破了堪布智者留下的戒言，災難就開始降臨了……」

他說到後來，就不再說了，口誦六字真言。

苗君儒說道：「我見過一個從神殿中逃走的僧人，正是他指引漢人從神殿偷走了絕世之鑰。也見過幾個神秘的藏人，我懷疑他們就是阿圖格部落的人。而且我也見過神鷹使者……」

巴仲活佛緩緩說道：「你說的事我都知道。佛曰，種如是因，收如是果，一切唯心造。人無善惡，善惡存乎爾心。因果循環皆由天定，善惡本在一念之間，若無根源，何來因果？」

苗君儒似乎明白了巴仲活佛說的話，他問道：「你要我怎麼做？」

巴仲活佛一邊口誦六字真言，一邊用手勢引導著苗君儒跪在那具真身面前。令苗君儒驚奇的是，坐在大床上的堪布智者卻抬起一隻乾枯的右手，將手掌平放在他的頭頂。霎那間，他腦海中一陣混亂，緊接著卻又明晰起來。發生在一千三百多年的景象，如放電影一般，一幕幕地從他腦海中閃過。所有的事情，都與堪布智者有關，從遠赴印度求法，到跟隨祿東贊去長安求婚，是那麼的清晰與真實。到最後，堪布智者坐在蒲團上，身邊跟著幾十個身穿紅黑色袈裟的佛教弟子，正在接受藏民的膜拜，忽然從遠處飛馳來一隊人馬，為首一個將軍模樣的人策馬衝到面前，剛說了幾句話，拔出刀當頭砍下。

幻象在那一刻定格，苗君儒睜開眼睛，他的額頭出現一抹冷汗。那隻放在他頭頂的手已經縮了回去，坐在大床上的堪布智者居然奇蹟般的萎縮起來，最後漸漸變得如兒童般大小。

巴仲活佛早已經停止了念誦，從旁邊拿過一個長方形的黑色大盒子，躬身將堪布智者的真身放了進去。

苗君儒漸漸恢復了神智，他聞到這屋內瀰漫著一股沁人的檀香味。

巴仲活佛做好這一切，回過神問道：「智者告訴你什麼了？」

苗君儒說道：「他好像並沒有告訴我什麼，不過，我不明白的是，是什麼人要殺智者?」

「問得好!」巴仲活佛說道:「你不是說見過神鷹使者嗎?他們就是神鷹使者,是藏王的貼身護衛部隊!」

苗君儒沒有想到神鷹使者是藏王的貼身護衛部隊,此前的西藏史料中也沒有相關的記載,而史料中提到的是,神鷹使者是吐蕃王朝覆滅之後才出現的一個神秘組織,這前後差了兩三百年,怎麼對得上號呢?但是這個活佛這麼說,自然有活佛的道理。他問道:「神鷹使者既然是藏王的貼身護衛部隊,那為什麼要殺堪布智者呢?」

巴仲活佛說道:「在度盧寺,你不是見過那塊古梵文的《十善經》玉碑嗎?那塊石碑,其實是堪布智者奉藏王之命刻下的。桑布扎一歸天,就只有堪布智者知道玉碑裏面的玄機了!」

苗君儒拿出康禮夫給他的那張拓片,說道:「那玉碑上刻的《十善經》裏面,不是隱藏著進入寶石之門的玄機嗎?」

巴仲活佛說道:「不錯,這玉碑上面的玄機,包括如何找到寶石之門的所在,解開那三個機關,用絕世之鑰打開門!」

苗君儒說道:「是不是桑布扎死後,藏王想再一次派人進寶石之門取寶,於

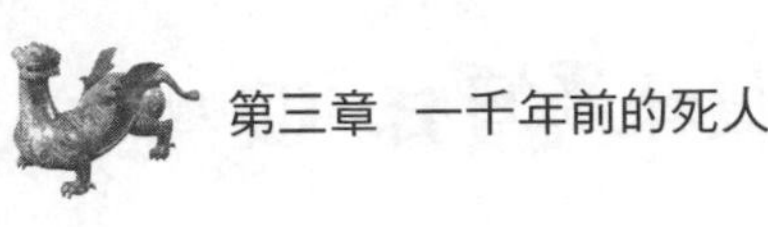

是要堪布智者說出玉碑上的秘密，堪布智者不肯說，所以就被藏王派來的神鷹使者給殺了？」

巴仲活佛搖了搖頭，說道：「其實堪布智者被殺之前，就已經對那個將軍說了玉碑上的秘密，沒想到那個將軍有了私心，得到玉碑上的秘密之後，卻將堪布智者當場殺了！可是他並不知道，堪布智者深諳佛法，並已達上乘，肉身雖死，可真身不滅。」

苗君儒問道：「那個將軍是誰？」

巴仲活佛並沒有回答苗君儒的問題，而是說道：「這一千多年來，神鷹使者都在想方設法進入寶石之門，可惜他們都沒有成功。」

苗君儒微笑道：「其實堪布智者被殺之前，只說出了一部分玉碑上的秘密，對不對？」他看了看手中的拓片，接著說道：「要不是堪布智者沒有替我灌頂，我都無法看出玉碑上的玄機。現在我要不要無所謂，因為那三個謎題我都知道了！」

巴仲活佛點了點頭，說道：「就算知道玉碑上的玄機，也不一定能進入寶石之門。所以，這麼多年來，神鷹使者始終都在寶石之門外遊蕩。」

苗君儒說道：「能不能告訴我，那個殺死智者的將軍是誰，也許我能夠找到一些線索！」

巴仲活佛說道：「你見過的，他給你身邊的屍王灌過頂！」

苗君儒驚道：「就是那個我見過的活佛？可是那個活佛是活人，而那個將軍，卻是一千……」

他說到這裏，突然把話停住，若是那個將軍得到某種秘術，就能擁有千年不死之身。在處處充滿神秘力量的西藏，這種情況是極可能有的。他上次來西藏考古，在靠近青海那邊的一個地方，就見過一個自稱活了三百多年的人，那個人對當年清朝皇帝皇太極進兵西藏，擊敗和殺死統治西藏的藏巴汗的事情一清二楚，並能準確說出幾個主要戰場的情況。除了研究西藏歷史和相關工作的人員。一般人絕對不知道那些歷史事件。

巴仲活佛說道：「不錯，其實他已經死了，只是他生前修煉了古印度邪教的秘法，不斷吸人血才得以活上一千多年。」

苗君儒驚道：「既然這樣，他就是吸血邪魔，佛教高僧能坐視不管麼？」

巴仲活佛一臉慚愧之色，說道：「一千年前，就有活佛想誅滅那具邪魔，可惜都被他逃過了。三百多年前，十八位活佛聯合起來想消滅他，結果……唉……」

苗君儒緩緩說道：「道高一尺，魔高一丈，要怎麼樣才能消滅他？」

巴仲活佛搖了搖頭：「此魔的行蹤一向神出鬼沒，加之精通邪教秘法，因而無人能找得到他，就算找到他，單憑幾個活佛的法力，也無可奈何！」

苗君儒說道：「難道就沒有對付他的辦法麼？」

巴仲活佛說道：「此魔游離於世已有一千多年，魔性高深莫測，以我們活佛的淺薄法力，只怕無能為力，不過……」活佛的目光深遠起來，接著說道：「法力無邊洞悉一切的佛祖，已經派人前來收服此魔了！」

苗君儒笑道：「你該不會說那個人就是我吧，我除了會一點漢人的道教法術外，可是連一點法力都沒有的！」

巴仲活佛雙手合什，說道：「我看得出來，你與別人不同，你的頭頂有佛光普照，除了你之外，沒有人能夠對付得了他。一切因緣結果，日後自有定論。當我看到你的時候，我就替堪布智者感到心安了。也許上天就是這麼安排的，你一個沒有法力的人，卻是他的最終對手！」

苗君儒想到，也許這個活佛預感到只有他才能對付那具邪魔，但是那具邪魔在見到他的時候，怎麼沒有預感到他對其產生的危險呢？反而那麼輕易地把屍王還給了他。活佛有預知能力，那是周所皆知的，作為修煉了一千多年秘術的吸血殭屍，怎麼會沒有這種能力呢？如果那具邪魔有這種能力，那為什麼要輕易放過他呢？驀地，他想到了那串舍利佛珠，莫不是那具邪魔忌憚舍利佛珠，所以不敢和他硬碰硬？

巴仲活佛接著說道：「此魔遊蕩於世間，就是想打開寶石之門。唯有打開寶石之門，才可引此魔現身，借用無上的佛法將此魔誅除。」

苗君儒說道：「你的意思是，要我想辦法打開寶石之門，引那魔頭現身？」

巴仲活佛微笑道：「我還要提醒你，提防你身邊的那個女人，她才是真正的不祥之人！」

聽了這話，苗君儒心中暗驚，他雖然覺得小玉與普通人不同，可也沒有想過要提防她。

巴仲活佛繼續說道：「你去吧，在最關鍵的時候，佛祖會保佑你的！」

苗君儒還想問什麼，可是他身後的木門響了，剛才送他進來的那個喇嘛走上前，朝他施了一禮，接著把他的眼睛蒙住。就如同進來的時候一樣，他跟著那個喇嘛走了出去。當他被解開蒙住眼睛的黑布時，發覺處身於寺院的山門口，早晨的陽光將遠處的雪山映射出一道道絢麗的光暈，景色美麗至極。

沒多一會兒，康禮夫他們從寺院裏面走出來，劉大古董看到苗君儒後，笑道：「苗教授，我們還擔心要到哪裏去找你呢，想不到你這麼早就在這裏等我們了！咦，那個女的和小殭屍呢？」

劉大古董的話還沒有說完，就見小玉從另一側走了過來，身後跟著兩個喇嘛，她的樣子看上去有些憔悴。她看了看大家，沒有說話，低頭從苗君儒身邊走過，獨自朝台階下去了。

在小玉走過身邊的時候，苗君儒發覺手上多了一樣東西，低頭一看，居然是那塊馬長風交給他的玉。他望著小玉的背影，不知道她把這塊玉還給他，究竟是什麼意思。

大家下了台階，早有隨從在下面收拾好了馬匹犛牛，等待著啟程。

一行人各自上了馬，依次往前走去。苗君儒回首一望，見寺院的山門口出現了一個人，正是那個告訴了他那麼多關於神鷹使者與寶石之門秘密的巴仲活佛。巴仲活佛的目光望著遠處的雪山，緩緩伸出手，指向西南面。

苗君儒似乎明白了什麼，調轉馬頭跟上眾人。在經過他與小玉昨夜待過的小屋時，見裏面走出一個人來，正是昨晚不知道去了哪裏的屍王嘎嘎弱郎。

那屍王看到苗君儒，就像久別的孩子突然看到了親人，幾步衝到馬前，興奮得發出咿咿呀呀的大叫。苗君儒伸出手，將屍王一把拉到馬上。

小玉策馬過來朝屍王嗔道：「小傢伙，你昨天晚上去哪裏了？害我和苗教授擔心！」

那屍王呀呀地指手畫腳，誰也聽不清他在說什麼。

苗君儒拍了拍屍王的頭，從馬後背的行李袋裏拿出一個蘋果遞過去，笑道：「別比劃了，沒有人能夠聽得懂你的話。你可要聽清楚了，以後沒有我的同意，不准你離開我，否則我就不要你了！」

那屍王一個勁地點頭，接過蘋果貪婪地啃了起來。

苗君儒在摸口袋的時候，額頭突然溢出了汗珠，原來他一直藏在身上的舍利佛珠居然不見了。記得昨天晚上和小玉在那小屋裏時，舍利佛珠還在身上，只不過後來去見了巴仲活佛和堪布智者一面，就不見了。

當下，他心中暗道：莫非舍利佛珠被巴仲活佛拿了去？那佛珠是轉世靈童送給他的，巴仲活佛要舍利佛珠有什麼用？

他有心回去找巴仲活佛問個明白，可轉念一想，巴仲活佛那麼做，也許是有原因的，就算他回去問，也是白問。

他心中的這個謎團，直到遇見了一個人才解開。

大家出了山谷，走在最前面的一個隨從叫起來：「那邊有人！」

第四章

神樹之戰

到處可見藏兵的屍體，還有不少普通的藏民。
盤旋於空中的禿鷲不時發出幾聲鳴叫，
俯衝下來停留在屍體旁，圍著一具屍體大快朵頤，
已經將屍體啄得不成樣子。
在西藏，禿鷲是神的使者，沒有人會刻意地驅趕牠們。

出現在大家面前的，並不是成群結對的商旅，也不是背著長槍的土司軍隊，而是十幾個衣裳不整的漢人，準確地說，就是董團長和他手下的士兵。

他們看上去經過了長途奔波，一個個疲憊不堪，身上的軍裝也是灰不溜秋的，為了抵禦這高原上的寒冷，他們的身上都披著羊毛藏袍，頭上也帶著寬簷藏帽。乍一看上去，有幾分像遊蕩在高原上的藏匪。

林正雄有些詫異地對康禮夫說道：「他們怎麼會在這裏？」

有關董團長與他們分開後發生的事情，他們已經聽苗君儒說過了。

劉大古董策馬上前，和董團長嘰哩咕嚕地說了好一陣子，才回身叫道：「沒事，董團長他們走錯路了！」

兩撥人馬會合在一起，繼續往前走。

苗君儒來到董團長身邊，低聲道：「怎麼樣？我沒有食言吧？」

董團長說道：「苗教授，想不到你比我們還要早見到康先生，我們走錯了路，差點跑到昂仁那邊去了，還好遇到藏民後轉了回來，在前面還碰到幾撥從定日做生意回去的客商，聽他們說了定日這邊的事情，就知道你們在這裏，所以急著趕過來了！誰知道在路上遇到孟德卡的兒子多仁旺傑，我們打了一仗，好不容易逃了過來。」

一行人經過定日的時候，見集市上仍是人潮湧動，人群中多了幾個漢人的身影。苗君儒他們經過時，不少人都停下手頭的生意，異樣地看著他們。因為來往的那麼多人之中，只有他們騎著馬。

難道他們不怕天神的詛咒，喪命在雪山腳下麼？

他們在集市上買了一些生活必需品之後，並沒有多作停留，而是馬不停蹄地繼續前行！

從定日到吉隆，他們走了六天，這一路上，並沒有遇到什麼險難，經過沿途的幾家寺院時，苗君儒有點想把屍王託付給寺院的活佛，可是一想起屍王已經讓邪魔灌過頂，連巴仲活佛那樣的人，都無法控制屍王，別的活佛就更不消說了。

小玉並沒有獨自離去，而是跟在苗君儒的身後，用她的話說，回去也是找不到歸宿，還不如跟在苗君儒身邊，好歹有點安全感，若是真能見到傳說中的寶石之門，也不枉單身來西藏一趟。

苗君儒當然知道她跟著他的原因，絕對不是為了安全感。和別人一樣，這個女人的身上，有著無法解開的謎。

吉隆是一個比定日大得多的古老城鎮，自吐蕃王朝開始，這裏就是一個繁華的村鎮。在鎮子周邊的雪山下，有許多貴族的墳墓。經歷了一千多年的風風雨雨，那些墳墓已經被人盜過，只留下一些殘磚斷石，在荒草中述說著主人昔日的輝煌。

多吉帶著大家直奔城門，來到城門下面後，見城牆上站著荷槍實彈的藏兵，一副如臨大敵的樣子。多吉通報了自己的姓名，求見德格老爺。沒多一會兒，城牆上出現了一個男人，自稱是大頭人家的管家。多吉一問才知道，由於天神發怒，吉隆已經有兩年多沒有下雨，莊稼絕收，地上也沒有了青草，德格大頭人去神樹那邊祈福了。

在西藏，有很多樹枝上掛著布幡的樹木，這些生長在路邊、山坡上、山崖前，或者河流湖泊邊的樹木，就是寄託了藏民無數祈禱與渴求的神樹。

所有到過西藏的人，隨處可見那一堆堆的瑪尼堆，但是神樹，卻不是那麼容易見到的。在一定的區域內，可以有幾十甚至上百個瑪尼堆，但是神樹，卻只有一棵。

吉隆的神樹，在距離這裏十幾里地的一座小山上。要往前走一段路，從另一個方向過去。

大家只是經過這裏，問候一下這裏的主人，既然主人不在，那就只有算了。多吉留下了一些禮物，讓德格大頭人的管家帶去了對頭人的問候。

按藏族的規矩，主人收了客人的禮物，萬一有什麼事情，能出面照應一下，就算發生了衝突，都能坐下來很好地談判。

德格大頭人去祈福，為什麼家裏卻安排了那麼多藏兵？莫非發生了什麼事情？

由於不能進城，多吉只得央求德格老爺家的管家送了些吃的東西出來，一行人繞過吉隆往前走。大約走了七八里地，見到一個小村莊。村莊裏那低矮的石頭屋子下，坐著幾個手持轉經輪，口中不住念經的老年藏民。紫銅色佈滿滄桑的臉盤，花白而零亂的頭髮，一雙憂鬱而充滿期望的眼睛，佝僂的身體和沉重的步履，無不述說著發生在這裏的不幸。

除了那幾個老人外，大家並沒有見到一個年輕一點的藏民，倒是有幾個孩子，天真無邪地追逐著，不停地用好奇的眼光打量著這群路過的人。

村子裏瀰漫著一種奇怪的死寂，令人不免有些害怕起來，林正雄大聲說道：「大家注意點，不要再中了人家的埋伏！」

苗君儒說道：「你們之所以中埋伏，是有人想搶走康先生手裏的東西，那些人肯定選擇在道路險要的地方下手，而不是村子裏。」

康禮夫說道：「兵法云，實則虛之，虛則實之，你怎麼肯定他們不會在村子裏埋伏？」

苗君儒問道：「你們從昌都過來，一共中了他們幾次埋伏？」

康禮夫說道：「三次，都是在晚上。他們的人好像不多，要不然的話，我也活不到現在！」

苗君儒問道：「他們全都蒙著臉，對不對？」

康禮夫說道：「是的！」

他說完，要董團長帶著士兵從村子的兩邊包抄過去，並仔細搜查每一間房子，其他人則護著他繼續往前走。

苗君儒顧自笑了一下，沒有再說話，而是跟著大家往前走。

直到他們走到村頭，也未見一點異常。

康禮夫朝苗君儒笑道：「我覺得還是小心為好，你說是吧？」

往前走了幾里地，從前面衝過來一隊藏兵，為首的一個軍官看到他們後，朝後面做了一個手勢，那隊藏兵抽出腰刀，呼啦啦一下子將他們圍了起來。

多吉上前對那軍官解釋了一番，那軍官狐疑地看了他們一眼，帶著藏兵急馳而去。

索朗日札對多吉說道：「不知道前面發生了什麼事，要不要……」

他的話還沒有說完，就聽到前面響起槍聲。槍聲零零散散的，並不激烈。

儘管大家都知道那些槍聲不是衝著他們來的，可大多數人還是不約而同地臉色一變，董團長策馬到康禮夫面前說道：「要不要我派人到前面去看看！」

康禮夫說道：「那是人家的事，還是少管為好！」

多吉提出先回村子裏，找地方住下來，看情況再說，可康禮夫也沒有答應。隊伍緩緩往前行，拐過一道山口，陸續看到一些潰敗下來的藏兵。多吉攔住為首的一個藏兵問道：「前面發生了什麼事？」

那個藏兵回答道：「薩嘎那邊的索班覺頭人帶人圍住了德格大頭人，大頭人被困在神樹那裏，我們的人少，救不下來！」

多吉驚道：「索班覺頭人和德格大頭人不是關係很好的麼，怎麼會打起來呢？」

那個藏兵回答道：「是呀，原來索班覺頭人和德格大頭人的關係是很好的，可是兩年前德格大頭人家的管家，帶人搶走了一批漢人的貨，後來才知道是送給索班覺頭人的，從那以後，兩人的關係就不好了。」

劉大古董上前對康禮夫說道：「兩年前，你叫我派人送給索班覺頭人的那批貨，聽說在路上被人劫了，我還以為是藏匪幹的呢。」

康禮夫若有所思地看著前面，並沒有說話。

多吉繼續問道：「不就是一批貨嗎，還給索班覺頭人就是了，怎麼就打起來呢？」

那個藏兵說道：「我們也不知道，後來索班覺頭人就不斷派人搶走我們的牛羊和奴隸，之前還打過仗呢！前些天，德格大頭人派人到薩嘎，搶走了索班覺頭人家的女兒，要用索班覺頭人家的女兒來祭神，索班覺頭人就聯合了另外的幾個頭人一齊對付我們，這些天來一直都在打仗……」

正說著，前面有一隊人馬追了過來，從服飾的顏色上看，絕對不是德格大頭人家的藏兵。

董團長已經命令手下的士兵，在路上一字排開，手中的湯姆森衝鋒槍朝天摟了一梭子，算是鳴槍警告。那隊人馬在距離他們四五百米的地方站住，在原地團團轉著。

多吉高舉著雙手，往前迎了過去。

小玉低聲問苗君儒：「那個人到底想幹什麼？」

苗君儒說道：「對他而言，雙方都是朋友，他當然不想他們這麼鬧！」

小玉不無擔心地說道：「你沒聽那個士兵說，德格大頭人要用索班覺頭人家的女兒祭神嗎？雙方都到了這步田地，還怎麼說和？」

苗君儒說道：「那就看他的本事了！多吉既然要那麼做，自然有他的辦法！」

他看著多吉走近那隊人馬，雙方開始交談起來，由於距離較遠，聽不清他在談什麼。幾年前他經過薩嘎的時候，索班覺頭人還熱情款待了他，他記得索班覺頭人確實有個聰明伶俐的女兒，叫拉姆，那時才十一二歲，現在早已經是大姑娘了。他還送給拉姆一個英國造的指南針，拉姆還吵著跟他到重慶去學考古呢。

過了一會兒，多吉回來了，手中拿著一塊布，對康禮夫說道：「他們同意讓我們過去，只要舉著這面旗子，就沒有人朝我們開槍。」

那隊潰敗下來的士兵早已經逃得遠了，索班覺頭人家的士兵並沒有追趕下去。多吉命人找了一根木杆，將那塊布挑了起來，隊伍繼續往前走。

一路上，到處可見雙方藏兵的屍體，還有不少普通的藏民。盤旋於空中的禿鷲不時發出幾聲鳴叫，俯衝下來停留在屍體旁邊，有幾隻禿鷲圍著一具屍體大快朵頤，已經將屍體啄得不成樣子。在西藏，禿鷲是神的使者，沒有人會刻意地驅趕牠們。當苗君儒他們走過去的時候，那些扁毛畜生並不懼人，而是蹣跚到路邊，等人過去之後，繼續牠們的大餐。

戰爭帶給人們的，除了死亡還是死亡。

越往前走，槍聲越來越清晰，也越來越激烈。

終於，在一處山口的腳下，苗君儒他們被一大隊藏兵堵住去路。一個軍官模樣的人騎馬上前，大聲叫道：「你們是什麼人？」

多吉迎上去回答道：「我是昌都貢嘎傑布大頭人家的管家多吉，這是我們的大少爺索朗日札和他的朋友。」

那個軍官模樣的人看了看索朗日札和康禮夫他們，沒有說話。

劉大古董和康禮夫低聲商量了幾句，接著拍馬上前，對那個軍官說道：「麻煩你派人去告訴索班覺頭人，就說我們是從重慶來的，兩年前被德格大頭人搶走的那批貨，就是我的老闆康先生送給他的。」

那個軍官上下打量了劉大古董一番，低頭對身邊的一個侍衛兵吩咐了幾句，那個侍衛兵調轉馬頭，朝山後面去了。

過了大約十幾分鐘，山後面的槍聲漸漸稀疏起來，一陣馬蹄聲傳來，從山口後面轉出一撥人馬，騎馬走在最前面的。是一個五十歲左右，頭上戴著寬簷牛皮帽，上身穿著真絲藏袍，下身穿著黃色軍褲，腳上蹬著長筒馬靴的漢子。這漢子的腰間掛著一條子彈袋，斜插著兩支左輪手槍，身後跟著幾個全副武裝的壯漢，一副威風凜凜的樣子。

劉大古董大聲叫道：「索班覺頭人，久違了！」

索班覺頭人騎馬上前，看著多吉和劉大古董，正色道：「你們怎麼會在這裏？」

多吉說道：「我們只是路過這裏，看到你和德格大頭人打起來了，所以就過來問問！」

雙方的人下了馬，相互獻過哈達，劉大古董說道：「不就是一批貨嗎？你和德格大頭人都是我們的朋友，何至於這麼大動干戈？我叫我的老闆康先生寫一封信，你帶人去川康省找他們要就是！」

索班覺頭人喜道：「真的？」

劉大古董說道：「那當然，我們認識這麼久，什麼時候騙過你呢？」

索班覺頭人說道：「既然這樣，那批貨的事，我就不跟德格大頭人計較了。但是我的女兒在他的手上，他必須放了我的女兒才行！」

劉大古董說道：「沒事，你帶我們去，我們勸德格大頭人放了你的女兒，你們倆重歸於好！」

一行人跟著索班覺頭人轉過山口，迎面看到對面的山坳上有一個石頭砌成的大平台，那裏有一根光禿禿的大樹，樹上掛著五顏六色的旗幡，這就是藏族人祈福的神樹。在石台的下方，有一堵用石塊臨時搭建起來的石牆，在石牆的背後，伸出不少長短不一的槍支。在石牆的中間處，是一扇兩米左右寬度的石門。在陡峭的岩壁上，有一條寬不過兩尺的山道。

由於坡度很陡，加之山道狹窄，不要說往上衝，就是往上走都困難。神樹所在的位置很奇特，在上面那塊方圓不到兩百平米的平地上，平地西北兩面都是峭壁，東面與大山連為一體，只有南面一條羊腸小徑上去。如此險要的地勢，當真一夫當關，萬夫莫開。只要在石牆後面架上兩挺機槍，就算是千軍萬馬，也攻不上去。

可惜上面沒有機槍，連一隻連發的卡賓槍或衝鋒槍都沒有，即使是這樣，山下面那一兩千人的隊伍，仍舊衝不上去。

山道的台階上倒了不少藏兵的屍體，都是索班覺頭人帶來的人。苗君儒身前的屍王聞到那股濃重的血腥味，頓時有些興奮起來，情不自禁地向最近的幾具屍體走過去。

苗君儒拍了屍王一掌，喝道：「你想幹什麼？」

屍王畏懼地看了他一眼，躲到小玉身邊去了。

山下黑壓壓地圍了一兩千人，還有幾門小山炮排列在路邊，炮口對著上面。不知道怎麼，苗君儒他們從聽到槍聲開始，自始至終都沒有聽到炮聲。想必是索班覺頭人擔心炮彈的威力太大，幾炮上去後，他心愛的女兒香消玉殞，所以只得命令強攻。依目前的情況，除非上面的人把子彈打光，否則怎麼都衝不上去。

索班覺頭人命令衝上去的人退下來後，上面也停止了射擊，山谷內出現了少有的寧靜。

劉大古董站在一塊石頭掩體的後面，大聲叫道：「德格大頭人，我是從重慶來的劉掌櫃，是您最真摯的朋友，我們今天路過這裏，見你和索班覺頭人打起來了，所以想來勸你們……」

在劉大古董說話的時候，索班覺頭人來到苗君儒的面前，說道：「請原諒，我在這種情況下不能很好地招待你！」

苗君儒笑道：「在這種情況下，誰都不能很好地招待客人！」

石牆上出現一個人影，上面有聲音傳下來：「要不是我知道索班覺頭人勾結漢人，搶走神殿的聖物，我怎麼都不知道天神為什麼會降罪給善良的人們。如果不用索班覺頭人的女兒祭神，天神是不會原諒他的……」

索班覺頭人恨恨地說道：「他胡說，我怎麼幫漢人搶走了神殿的聖物，那些漢人經過我那裏時，只說是做生意的！」他接著說道：「要是我那個漢人朋友在就好了，他可以一槍打下來天上飛的雄鷹！」

一聽這話，苗君儒不由想起了那夜在重慶雲頂寺的秘洞前，蒙力巴被一槍擊中額頭的情景，在那樣的夜晚，沒有特別好的身手，一般人可做不到。他不禁問道：「你的那個漢人朋友叫什麼，也許我認識！」

索班覺頭人說道：「我不知道他的真名，只知道他的外號，叫飛天……」

苗君儒說道：「是叫飛天鷂，對不對？可惜他已經死了，是被紅魔之箭射死的！」

索班覺頭人吃驚道：「什麼，他被紅魔之箭射死了？」

苗君儒說道：「是我親眼所見！」他扭頭看了一下身後的小玉，說道：「她就是飛天鷂的妻子！」

小玉上前朝索班覺頭人點了點頭，算是打過招呼了。

在另一邊，劉大古董還在與德格大頭人對話，儘量勸說德格大頭人放了索班覺頭人的女兒，可是，當他知道索班覺頭人在這之前已經搶走德格大頭人兒子的消息時，知道再說也沒有用，為今之計，是要先送回德格大頭人兒子。

他回到索班覺頭人的身邊，說道：「索班覺頭人，剛才的話你也聽到了，要想救回你的女兒拉姆，得先放了德格大頭人兒子。我已經答應了他，先放了他的兒子！」

索班覺頭人說道：「我已經在兩天前把他的兒子祭了山神！」

一聽這話，劉大古董額頭的冷汗就下來了。他只想替雙方勸和，沒想到把自己也給捲進去了。答應了德格大頭人的事，就一定要辦到，這是藏族的規矩。如果騙了德格大頭人，那麼，他以後就是德格大頭人的仇人，不共戴天的仇人。

人已經死了，怎麼才能令死人復活呢？

索朗日札說道：「德格大頭人的兒子已經被索班覺頭人祭了山神，到哪裏去找個活人給他呢？」

「我倒有個好主意。」多吉看著站在苗君儒身邊的屍王，說道：「據我所知，德格大頭人的兒子大約十一二歲，與屍王一般大小。如果用黑布蒙著屍王的頭送上去，趁德格大頭人不防備，先把索班覺頭人的女兒拉姆救下來再說！」

劉大古董說道：「話雖這麼說，可派誰送人上去呢？一旦德格大頭人發覺送來的兒子是假的，不但送上去的人沒命，索班覺頭人的女兒也會沒命。」

多吉說道：「這很簡單，隨便派個人送上去就行。同時叫德格大頭人把索班覺頭人的女兒送下來！」他看著前面陡坡，接著說道：「你們看到那塊凸起的岩石沒有，我帶幾個人躲在那裏，只要索班覺頭人的女兒下來，我立刻搶了人就跑。這幾門炮同時開火，把上面的人全炸死，問題不就解決了？接下來，索班覺頭人帶著人攻佔德格大頭人家的城堡，整個吉隆就是索班覺頭人的了。」

弱肉強食，適者生存是大自然的生存定律。一旦索班覺頭人殺死德格大頭人，並帶兵攻入吉隆，那麼受難的可不是德格大頭人的一家人。苗君儒不願意看到那樣的慘劇，他當年在薩嘎受到索班覺頭人的熱情款待時，同坐的還有德格大頭人。酒宴過後，他和德格大頭人互贈禮物，他還送了德格大頭人一塊上等的新疆和田玉。儘管他與德格大頭人只有一面之緣，但是他覺得德格大頭人的性格耿直，為人和善，是一個明事理的大頭人。在知道那批貨是索班覺頭人的情況下，憑兩人的關係，不可能拒不歸還的。除非那批貨有什麼問題。他想了一下，說道：「多吉管家的辦法根本行不通！」

多吉問道：「怎麼行不通？」

苗君儒說道：「如果我是德格大頭人，在這種情況下，我絕對不會讓別人用黑布蒙著我兒子的頭！」

是呀，不讓黑布蒙著頭，就無法騙得到德格大頭人。索班覺頭人瞟了多吉一眼：「多吉管家，你的主意也太幼稚了。聽說你以前是德格大頭人家的平民，德格大頭人一直待你不錯！貢嘎傑布大頭人有你這樣的管家，也是他福氣，我可就……」

他的話沒有繼續往下說，言下之意，是看不起多吉這樣的小人，也替貢嘎傑布大頭人感到惋惜。

劉大古董呵呵笑道：「多吉管家也是情急之下才想出的辦法！」

苗君儒說道：「還有一個辦法能夠解決這個問題！」

索班覺頭人望著苗君儒，說道：「還有什麼辦法？」

苗君儒說道：「用我去換回拉姆！」

劉大古董問道：「他肯換麼？」

苗君儒說道：「我想他應該會換！」

索班覺頭人問道：「為什麼？」

苗君儒說道：「因為我身上有他需要的東西，也可能比他的兒子還重要！我先上去，如果我換不下來，你們再想別的辦法！不過，在我上去之前，我希望索班覺頭人把你手下的人全部撤出山谷。」

他接著對小玉說道：「幫忙看好屍王，千萬不要讓他去碰死人的鮮血，否則他一旦發起瘋來，誰都控制不了！」

他說完後，高舉雙手往山坡上走去。在他的身後，索班覺頭人已經命令所有的藏兵相繼往山谷外撤去。

當苗君儒踏著滿地的屍體，走到距離石牆三百多米的地方時，上面有人開了一槍，子彈打在他身邊的石頭上，濺起一些石屑和粉塵。他大聲道：「德格大頭人，我是苗君儒，幾年前我們在索班覺頭人家裏見過面的！」

德格大頭人在上面喊道：「你來做什麼，當他的說客？你們這些漢人，沒有幾個是好的，我知道你是我們的漢人大活佛，才沒有瞄準你，你再往前一步，我就命令他們開槍了！」

苗君儒一驚，才幾年的時間，想不到德格大頭人的變化這麼大。那個時候，德格大頭人對所有漢人都是很歡迎的，還熱情地邀請他到吉隆去做客，要不是他急著從另一條路趕去拉薩，說不定就上門去了。他大聲道：「德格大頭人，我是來幫你的。你讓我過去，如果你覺得我說的話不對，可以馬上殺了我！」

他一看德格大頭人沒有反對，便試探地往上走了幾步，見上面沒有開槍，便繼續往上走，一直來到石牆的下面，他才繼續說道：「德格大頭人，如果我不上來的話，吉隆就要換新的頭人了！」

德格大頭人說道：「不管他們怎麼樣，我絕對不屈服，我德格家沒有一個孬種，他索班覺那麼做，絕對不會有好結果的！」

苗君儒說道：「你想過沒有，就算你不屈服，所有的吉隆人就屈服嗎？幾年前我見到你的時候，覺得你是個很講道理的人，現在你這麼做，只會給吉隆帶來災難！我上來的時候，已經讓索班覺頭人把他手下的士兵撤出山谷外，我這麼做，也是為了取得你的信任。如果不是他的女兒還在你的手上，山下的那幾門大炮，早已經把這裏轟平了！為了吉隆的祥和，也為了你德格家的安寧，我建議你讓我進去！」

過了一會兒，德格大頭人說道：「那你進來吧！」

苗君儒一走進石牆，從旁邊上來兩個壯漢，將他的手緊緊抓住。他並不抵抗，任由對方搜了他的身，將他身上的東西交到德格大頭人的手裏。在那棵掛滿旗幡的神樹上，綁著一個穿著華麗藏服的年輕女人，估計就是索班覺頭人的女兒拉姆了。

德格大頭人望著手裏的東西，說道：「你怎麼有哈桑大頭人的兒子格布的隨身玉牌？你殺了他？」

苗君儒說道：「我和哈桑大頭人是結拜兄弟，怎麼會殺了他兒子呢？我用一塊紅色的鑽石和他換的，目的是想到普蘭後，帶去一個兒子對母親的問候。」

德格大頭人問道：「這塊布上的血跡是什麼東西？」

苗君儒說道：「難道你看不出來麼？是從那塊古梵文《十善經》玉碑上拓下來的，據說那塊玉碑上藏有寶石之門的玄機！」

德格大頭人驚道：「你們是去尋找寶石之門的？」

「是的。」苗君儒說道：「兩年前，有一批漢人從神殿搶走了聖物。兩年後，另外一批漢人來尋找寶石之門。這兩年來，西藏發生了很多事情，你不覺得很奇怪嗎？」

德格大頭人的臉色變得蒼白，喃喃說道：「天神會發怒，你們找不到寶石之門的……」

「找不找得到寶石之門，那是我們的事！」苗君儒問道：「我想知道，兩年前，你劫走了索班覺頭人的什麼貨，為什麼不還給他？」

德格大頭人恨恨道：「我是從幾個漢人的手裏搶走了一批貨，可是那些箱子裏裝的全都是石頭，我怎麼還給他？」

苗君儒微微一驚，繼續問道：「那索班覺頭人說箱子裏裝的是什麼貨？」

德格大頭人說道：「他說是漢人朋友送給他的兩百支步槍，十挺機關槍，兩萬發子彈，另外還有一些緊俏的西藥。我根本就沒拿到東西，怎麼還給他呢？」

苗君儒問道：「是誰叫你去劫那批貨的呢？」

德格大頭人揮了揮手，那兩個抓著苗君儒的漢子放開了手，他說道：「是一個漢人，他說那是一個商隊運送的貨物，很珍貴！」

苗君儒略有所思地說道：「也許那個報信的漢人跟那些送貨的漢人是一夥的，他們原本就把那批貨給藏起來了。箱子裏裝了石頭，等著你去上鉤！」

德格大頭人說道：「可是等我知道這一切的時候，已經遲了，索班覺頭人根本不聽我的解釋，開始報復我。他搶走我的牛羊，我都忍了，可是他居然派人偷偷把我的兒子給搶走了。我沒有辦法，只得把他的女兒搶了過來！」

苗君儒問道：「那個綁在神樹上的，就是他的女兒拉姆？」

德格大頭人說道：「是的，索班覺頭人激怒了天神，降下了災難，自然要他的女兒來祭祀！」

苗君儒說道：「你有沒有想過，各個地方的頭人和頭人的關係那麼緊張，是什麼原因造成的？還有，你不覺得你和索班覺頭人之間的這些事，好像是有人從中挑撥的嗎？」

德格大頭人把那幾樣從苗君儒身上搜來的東西還給他，同時說道：「我也是這麼想的，可是索班覺頭人欺人太甚，我不得不那麼做！」

苗君儒收起那幾樣東西，說道：「正因為你那麼做，所以才中了別人的圈套！」

德格大頭人問道：「我和索班覺頭人鬧成這樣子，對那些漢人有什麼好處呢？」

苗君儒說道：「這就是我暫時想不明白的地方！也許並不是我們漢人幹的。我相信用不了多久，就能知道真相！」

德格大頭人問道：「你想要我放了索班覺頭人的女兒，可他要先放了我兒子，並且保證從此不再到我的地盤上來搶牛羊！」

苗君儒說道：「我可以保證他以後不再到你的地盤上來搶牛羊，至於你的兒子，只怕沒有辦法還你了，因為在兩天前，他已經……」

德格大頭人冷冷地望著苗君儒，有些悲切地說道：「他一定拿我的兒子祭了神，是不是？」

苗君儒說道：「我能夠理解你的心情，可是你想過沒有？他在山下圍了一兩千人，還有幾門大炮，你的人都死得差不多了，再這麼打下去，你能熬到什麼時候？他用一個女兒換了你整個吉隆，他很划算，但是你呢？你還有什麼？除了你兒子之外，你還要賠上你一家老小的性命，說不定你的另外幾個孩子，就算不死，也會永遠成為他索班覺頭人家的奴隸！」

德格大頭人的老眼含淚，大聲道：「我實在咽不下這口氣！」

苗君儒說道：「我們漢人有一句話，留得青山在，不怕沒柴燒。只要你還活著，你還怕沒有時間和索班覺頭人來算這筆帳？只是眼下，你拿什麼來跟他算？我是從吉隆過來的，路上到處都是普通藏民的屍體，你這個當頭人的，難道忍心看著剩下的人都被殺嗎？」

見德格大頭人不說話，苗君儒接著說道：「實際上，你的真正仇人是那些陷害你的人，只要找到他們，弄清楚他們的真正目的，就有辦法替你報仇！」

德格大頭人說道：「可是怎麼樣才能找到那些漢人呢？」

苗君儒說道：「我剛才說過了，他們既然陷害你，自然有他們的道理。如果他們發覺沒有達到目的，我想他們不會那麼輕易甘休的！」

德格大頭人說道：「我怎麼相信你對我的承諾？如果我把他女兒還給他，他豈不是正好朝我開炮？」

苗君儒說道：「這個問題我早就已經想到了，你先讓我下去，等他把隊伍全部撤走，看我的信號，你再放了他女兒！」

德格大頭人想了好一陣子，才說道：「那好吧！」

苗君儒拍了拍德格大頭人的肩膀，轉身往山下走去。他來到索班覺頭人的面前，說道：「德格大頭人知道他的兒子被你祭神了，但是他仍答應放了你的女兒，並要你保證他安全回到吉隆！」

索班覺頭人和另外幾個頭人用眼神交流了一下，說道：「好的，我答應！」

苗君儒朝上面揮了揮手，隨即回到索班覺頭人的身邊。從山上陸續下來二三十個人，都是一些受了傷的藏兵，相互攙扶著往下走。最後下來的是幾個壯漢，保護著德格大頭人。在德格大頭人的身後，一個壯漢扯著索班覺頭人的女兒下來。

苗君儒見索班覺頭人的臉色漸漸拉長，眉頭緊皺，眼中的瞳孔開始收縮，忙低聲說道：「就算你殺了德格大頭人，得到了整個吉隆又怎麼樣？難道你沒有想過，你會變成第二個德格大頭人？」

索班覺頭人問道：「你說這話是什麼意思？」

苗君儒說道：「這兩年來，西藏各個地區的頭人和頭人之間，是不是關係都很緊張，有的地方是不是都換了頭人？」

索班覺頭人問道：「是又怎麼樣？」

苗君儒問道：「你不覺得這裏面有問題嗎？這幾十年來，儘管朝廷更換，大清朝變成了民國，可西藏各處的頭人家族沒什麼變動，大家恪守著祖上的規矩，相互之間平安無事，偶爾有爭端，也都是小規模的，不似這麼大。你和德格大頭人原本是好兄弟，是什麼原因使你們反目成仇的呢？」

索班覺頭人的臉色變了變，沒有說話。

劉大古董喝道：「苗教授，你這是說什麼話？按你的意思，是我們挑唆索班覺頭人和德格大頭人的嘍？」

苗君儒笑道：「就算你們挑唆索班覺頭人和德格大頭人，可你們沒有本事挑唆西藏所有的頭人！」

在他們說話的時候，德格大頭人已經下了山，在隨身護衛的保護下，朝吉隆那邊去了。

康禮夫問道：「那你懷疑什麼人挑唆他們的呢？」

苗君儒說道：「神鷹使者！」

他此言一出，所有的人都變了臉色。索班覺頭人問道：「他們為什麼要那麼做？」

「不可告人的目的！」苗君儒望著德格大頭人他們遠去的背影，自言自語地說：「所有災難的背後，何曾不是人為的因素所造成的呢？」

索班覺頭人接著問道：「苗教授，他什麼時候還我女兒？」

苗君儒說道：「你帶康先生他們先去薩嘎，我這就去吉隆，把你的女兒帶過來！」

吉隆。

本就是一個不具備軍事防禦的城鎮。

鎮子四周那高度不超過四米的城牆，很多地方都已經坍塌，不要說對抗大炮和騎兵，就是步兵也抵擋不住。

這裏的主人德格大頭人，繼承了祖上無為而治的想法，平日只注重於禮佛和管理治下的藏民，享受著安樂祥和的貴族生活，從不曾想過會遭遇這樣的劫難。

苗君儒騎馬走近吉隆的時候，見鎮子邊上的城牆邊多了許多許多手持步槍的藏兵。許多衣衫襤褸的藏民，手抱肩扛，正一個個地從鎮子旁邊的石頭山上，把石頭運下來，就連六七十歲的老阿媽，也都背著一塊塊沉重的石頭，一手搖著轉經筒，一手摸索著山道上的石壁，步履蹣跚地往下走。

有些藏兵協助藏民把石頭壘到牆上，每一米左右的距離，留下一個射擊孔。山谷中迴盪著蒼老而渾厚的藏族號子，顯得萬分的悲愴而不屈。

看著那些臨時壘成的石牆，苗君儒突然想到，憑索班覺頭人帶來的那麼多兵力，大可在圍住德格大頭人的時候，一舉將吉隆拿下。可是索班覺頭人並沒有那麼做，這裏面莫非還有什麼原因不成？

他走近城牆，就被持槍的藏兵圍住。他說道：「麻煩你通報一聲德格大頭人，就說苗君儒要見他！」

守在城門口一個壯漢是剛陪同德格大頭人從山上下來的，上前對苗君儒說道：「剛才德格老爺吩咐了，如果你一個人追過來，就讓我帶你去見他！」

苗君儒笑了笑，德格大頭人不是傻子，知道他肯定會跟過來帶人的，所以事先叫下人在這裏等候。他並沒有下馬，而是跟著那個人進了鎮子。

在鎮子裏轉了幾個圈之後，來到了他到過的土司官邸前。從裏面走出一群人，走在前面的，正是他之前見過的德格大頭人。德格大頭人的手上托著一條潔白的哈達。

苗君儒下馬說道：「德格大頭人，實在不好意思，我可……」

德格大頭人上前將哈達獻給苗君儒，大聲道：「我尊敬的朋友，我把雪山上最真摯的祝福送給你，祝你平平安安，萬事吉祥！」

苗君儒接過哈達，從馬背上的行李中拿出一條哈達，雙手獻給德格大頭人，說道：「德格大頭人，我也送上我最誠摯的祝福，祝你和索班覺頭人拋棄前嫌，重新成為好朋友！」

德格大頭人在敬了苗君儒一碗酒之後，做了一個請的手勢。

苗君儒說道：「德格大頭人的盛情我就心領了，他們還在等我，我看就不進去了，我來的目的是想帶走索班覺頭人的女兒拉姆！」

德格大頭人猶豫了一下，吩咐身後的人把索班覺頭人的女兒拉姆從裏面帶出來。他看著那個臉上滿是淚痕的女人掙脫了兩個家丁的手，跑到苗君儒的身後，於是說道：「我已經把人交給你了，但是我覺得索班覺頭人不可能那麼輕易答應你！」

苗君儒把拉姆護在身後，正色道：「德格大頭人，你想過沒有？索班覺頭人在圍著你的時候，完全可以抽兵進攻吉隆。你也知道，就憑吉隆那麼一點高的城牆，根本沒有辦法抵擋得住他的進攻。他可以在攻下吉隆後，活捉到你的家人，用你的家人來換回他的女兒。可是他並沒有那麼做，你知道為什麼嗎？」

德格大頭人的臉色微微一變，問道：「為什麼？」

苗君儒說道：「我也想知道為什麼。他一定是有所顧忌，才沒有那麼做！」

德格大頭人似乎想起了什麼，說道：「難道他也見過那個人？」

苗君儒驚道：「什麼人？」

就在這時，他身後響起羽箭破空之聲，瞬間轉身之時，已經伸手將那支羽箭抓住。

德格大頭人看清苗君儒手裏抓著的羽箭，驚道：「啊！紅魔之箭？」

箭頭距離拉姆的脊背還不到兩釐米，他心道：好險，要是拉姆被殺，他怎麼回去向索班覺頭人交代？

羽箭是從距離府邸兩三百米遠的藏族民宅中射出來的，在這麼遠的距離射出羽箭，而且勁勢這麼強勁，射箭人的那份臂力甚是駭人。

不由苗君儒再有下一步動作，已經有幾個端槍的侍從朝那處民宅撲過去了。

第五章

頭人的女兒

苗君儒分別看了一眼拉姆和那森，
與許就是那一次狼口下的緣分，
使這對身分懸殊的人備受感情的折磨。
雪山之神既然讓這對有情人有了難以割捨的情愫，
又為什麼不能讓他們終成眷屬呢？

苗君儒望著手中的箭和已經驚呆的拉姆，回憶起救小玉的時候，那支嚇退藏人的箭，還有後來見到的那幾具漢人屍體，小玉告訴過他，在普蘭見過一個叫羅強的人，是馬長風手下的兄弟。當下心道：射箭人的目的，無非是讓兩個頭人的仇怨加深，這些人與兩年前搶走那批貨的人，應該是一夥的，或者就是同一批人？

這些人如果都是漢人，那麼，跟羅強是什麼關係呢？

沒多久，那幾個侍從返身回來，其中一個侍從的手中，拿著一樣東西。

苗君儒一眼就認出，那是一種經過現代機械加工過的弓弩，在重慶的時候，他在一所軍事訓練營中見過這種弓弩，是由美國軍事專家在中國傳統弓弩的基礎上進行改良的。由這種弓弩射出的弩箭，射程可達到四五百米。在特種軍事行動中，這種弓弩的作用要比槍實用得多。

這種弓弩，怎麼會出現在西藏呢？

持有這種弓弩的人，其實隨時都可以殺拉姆，為什麼會選擇在這時候下手？

苗君儒剛想了一會兒，額頭上漸漸溢出了冷汗。他已經意識到，無論他出現在哪裏，背後總有一雙眼睛盯著。那個盯著他的人只要認為他的行動觸到了某件事的神經，與他有過接觸的人，便會有喪命之虞。

那些跟在他身後的人，到底是什麼人呢？

他放下拉姆，起身問道：「德格大頭人，你剛才懷疑索班覺頭人見過一個什麼人，才不敢下令攻打吉隆？」

德格大頭人回答道：「是一個游方僧人！」

苗君儒「哦」了一聲，在西藏，各門派各廟宇的僧人相對穩定，每日只知誦經禮佛，沒有特殊的事情一般不會外出，游方僧人更是少之又少。他問道：「是一個什麼樣的游方僧人？」

德格大頭人說道：「從穿戴上看，看不出是哪一教的，也看不出多大年紀，但是我估計，已經超過了六十歲。」

苗君儒問道：「那他對你說了什麼？」

德格大頭人說道：「那已經是半年前的事了，當時我出外辦事，回來才知道那個游方僧人坐在我府邸前面的石頭上，已經坐了兩天，我的夫人親自端了酥油茶和糍粑出來，還送給他兩件嶄新的僧衣，可是他動都不動，直到我來到他的面前！」德格大頭人走到那塊大圓石頭前，接著說道：「他對我說，聖物離開了神殿，魔鬼從陰暗的角落裏跑出來了，天神已經發怒，雪山之下即將血流成河。」

苗君儒微微點了一下頭，佛教高僧具有神奇的預測能力，向世人示警，這並不足為奇。那個向他們兩人示警的僧人會是誰呢?他想了一下,說道:「若索班覺頭人也聽過同樣的話,你們兩個頭人之間的戰爭應該就會停止了,可是現實中並沒有那樣。所以我懷疑肯定是別的原因,令他有所顧忌!」

德格大頭人問道:「你認為還有別的什麼原因?」

苗君儒望著手中的紅魔之箭,緩緩說道:「也許這個鎮子裏,有他不敢觸犯的人!」

德格大頭人驚道:「你的意思是,我這裏有巴依族人?」

苗君儒說道:「會使用紅魔之箭的,可不一定是巴依族人!」

他說完後,和拉姆一起上了馬,向鎮外走去。

他剛出了鎮子,就聽到身後一陣急促的馬蹄聲,回頭一看,見德格大頭人帶著人趕了過來。一見到德格大頭人,路邊的藏民紛紛躬身退到一旁,連頭都不敢抬。

苗君儒勒馬停住,問道:「德格大頭人,還有什麼事麼?」

德格大頭人說道:「你還會回來麼?」

苗君儒說道:「我答應過別人的事情,一定會辦到。可惜我無法答應你,把你的兒子給送回來。」

德格大頭人騎馬走到苗君儒身邊，低聲說道：「苗教授，我還有一件事要告訴你！」

苗君儒問道：「什麼事？」

德格大頭人說道：「半個月之前，曾經有幾個漢人來找過我，要我留意一個女漢人的下落！」他從身上拿出一張照片，接著說道：「從照片上看，應該就是那個跟著你的女漢人。」

苗君儒問道：「他們長得什麼樣子？」

從德格大頭人的描述中，苗君儒暗驚，果真是馬長風騙了他，羅強還活著。令他有些不解的是，羅強是馬長風的人，為什麼要尋找小玉呢？他隨即問道：「他們有沒有說些什麼？」

德格大頭人說道：「如果那個女人在我的手裏，他們願意出一百兩黃金。」一百兩黃金可以買上千頭牛和幾百個年輕的農奴，羅強出這個大的代價，絕不可能僅僅是為了得到小玉，也許，小玉的身上還有更具價值的東西。而這一切，都與已經死去的蒙力巴有關。

苗君儒問道：「之前你手下的人都沒有見過那個女人？」

德格大頭人說道：「要是見到的話，我那一百兩黃金已經賺到手了！我問過他們，什麼女漢人那麼值錢，他們就是不肯說，他們還說，如果我找到那個女人，就把她送到普蘭去，也許能值更多錢。」

苗君儒聽小玉說過，她接到馬長風的信，見了蒙力巴之後，隻身去普蘭找一個叫拉姆的女人，她在普蘭停留了不少時間，都找不到那個女人。叫拉姆的女人實在太多，現在他身邊的索班覺頭人的女兒就叫拉姆。

德格大頭人問道：「索班覺頭人沒有進攻吉隆，會不會和那幾個漢人有關？」

苗君儒低聲說道：「也許只有他本人才知道！」

他調轉馬頭，在德格大頭人的注視下，緩緩向鎮外走去。

路邊的屍體已經被抬開，每隔一段路，就有一個剛剛壘成的大石堆，石堆上整齊地放著一具具的屍體，都是因戰爭而死的人。

藏人死後有五種葬法，最隆重的是塔葬，只有圓寂的達賴喇嘛死後，在布達拉宮裏修一座聖塔，把達賴喇嘛的遺體經過一系列儀式和處理之後，放在那座塔裏。普通的活佛和一些土司頭人死後，則享受火葬。小孩或因其他疾病死亡的人，則在請僧人念經超度之後，把屍體丟進河裏水葬。只有那些生前作過壞事的人用土葬，因為藏族人認為，被埋在土裏的人，靈魂要下地獄，永遠都不能轉世的。而天葬，則是寄託一種升上「天堂」的幻想，崇信佛教、誠心向善的藏民，都能得到這種待遇，即便是奴隸，只要得到頭人家的許可，也可享受天葬。

拉姆坐在苗君儒的前面，低聲說道：「苗教授，你為什麼來救我？」

她說的是標準的漢語。藏族這邊的大多數頭人，為了促進與漢人的聯繫，都極力培養兒女們學漢語，懂漢文化，還有一些頭人則送兒女去西方國家讀書，以便更好地瞭解世界的局勢。

苗君儒說道：「為了不死太多的人！」

拉姆發出一聲哀歎，說道：「天神給雪山下降下了災難，我作為頭人家的女兒，應該要為爸啦做下的罪過承擔一點後果。」

苗君儒想不到才幾年的時間，拉姆由原來那個天真活潑的女孩，變成了多愁善感的少女，他問道：「你知道索班覺頭人做下什麼罪過？」

拉姆幽幽地說：「連奴隸們都說，索班覺頭人幫助漢人搶走神殿的聖物，一定會遭報應的。現在報應已經來了。」

山谷的天空中盤旋著幾十隻禿鷹，有些石堆上早已經停了不少禿鷹，正相互嘶叫著搶佔一個很好的地方，以便大快朵頤。

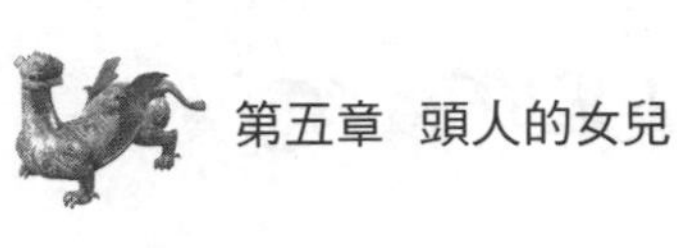

餵鷹也是一種天葬方式，省卻了請僧人念經超度的繁瑣，把屍體曝露在曠野中，讓禿鷹自行下來啄食，吃盡皮肉和內臟後，剩下的骨骸，自然有人前來收拾。將所有的骨骸收攏在一個大盒子裏，抬到離天最近的山上，就那麼放在那裏，任憑風吹雨淋，直到骨骸慢慢被風吹化。

踢踢踏踏的馬蹄聲在山谷中顯得單調而枯燥，也許是剛打過仗，路上幾乎看不到什麼行人。這條由吉隆到薩嘎的山路，前後不過一百多里，由於都是在山溝峽谷間穿行，所以就顯得非常險要。

苗君儒一邊看著兩邊高聳峻峭的山崖，當來到神樹那裏時，見現場也被清理過了，十幾個士兵看押著一些奴隸，正往停在路邊的牛車上抬屍體。

那些士兵看到苗君儒和拉姆，自覺地退到旁邊，躬身而立。一個士兵低著頭說道：「小姐，老爺在前面等你們！」

苗君儒朝山上的那棵神樹望了一眼，策馬繼續前行。拉姆的眼神一直停留在那棵神樹上，輕輕地說道：「苗教授，其實我真的願意被德格大頭人祭神，那樣的話，天神就不會降罪給我爸啦了！」

苗君儒說道：「傻孩子，就算你被祭了神，天神也不會輕易原諒有罪的人！」

拉姆問道：「那怎麼樣才能原諒呢？」

苗君儒說道：「知道自己做了錯事後，及時去彌補過失，從而得到天神的原諒！但是並非每一個做了錯事的人，都能意識到所做的是錯事。」

拉姆說道：「我們只聽佛爺的話，佛爺說錯的就是錯的！」

苗君儒說道：「是的，絕大多數藏民都聽佛爺的話。其實錯與對之間，有時候是沒有辦法真正去區分的。就拿死的那些士兵來說，他們願意為頭人獻出自己的生命，在戰場上，他們是一個勇士，可是同樣是在戰場上，他們卻是屠夫。因此，區分對與錯，往往都從正義與非正義上衡量！」

拉姆又歎了一口氣，說道：「苗教授，我雖然對你說的這些話聽得不太懂，但是我明白，很多事情是無法真正用對和錯去衡量的！」

苗君儒的內心微微一顫，聽拉姆話中的意思，似乎有什麼難言之隱，他剛要說話，見從後面來了幾匹馬，馬上坐著幾個穿著藏袍的人，他一看那幾個人的面孔，覺得不像藏民。

那幾匹馬很快趕上了他們，苗君儒見那幾個人來者不善，心裏已經有了準備，大聲用漢話問道：「兄弟，你們要去哪裏呀？」

為首一個人看了苗君儒一眼，從身上拔出一支槍來。說時遲那時快，苗君儒已經從馬上飛身而起，如大鵬一樣撲了過去，不待那個人扣動扳機，已經抓住那個人持槍的手，把槍奪過來的同時，將那個人摔到馬下。

其餘的幾個人見狀，各自拔出腰間的手槍，可還沒容他們瞄準，苗君儒手中的槍已經響了。幾聲槍響之後，幾具屍體從馬上滾落。

苗君儒勒住馬，望著那個摔在地上的人，吹了吹槍口冒出的青煙，微笑著問道：「你認為我的槍法怎麼樣？」

那人驚駭地叫道：「你……你不是考古學家麼？怎麼會有這麼高的武功？」

苗君儒說道：「這就要怪你的老闆，他沒有對你們說清楚！」

那人從馬上摔下地後，估計傷得不輕，掙扎著從地上爬起身，喘著粗氣望著苗君儒。

苗君儒從身上取出那支紅色的羽箭，說道：「你應該認得這支箭，對不對？你叫什麼名字，你的老闆叫你來做什麼？回答得令我滿意，我可以考慮留你一條命，怎麼樣？」

他以為那個人會很老實地回答他的問題，不料那人起身之後，看了看都已經變成屍體的同伴，從身上拔出一把匕首，插進了自己的胸部，抽搐著倒在地上。

苗君儒下馬走到那人面前，可那人已經停止了呼吸。他俯下身子，扒開那人的上衣，見那人的胸前並沒有他料想中的標記，他搜了一下屍體的身上，除了幾個彈匣、一包三炮台煙和一些大洋外，沒有別的東西。

拉姆騎馬過來問道：「他們是什麼人，你為什麼要殺了他們？」

苗君儒說道：「我也想知道他們是什麼人，不過有一點可以確定，他們不是神鷹使者！」

他又搜了一下另外幾具屍體，也沒有找到什麼有價值的線索。也許這些人本來就未曾藏有可證明身分的東西，其目的自然不言而喻。

越是無法證明這些人的身分，就越加說明他們有問題。

苗君儒把搜到的東西用一塊布給包好，連同另幾匹馬上的包袱，一同捆到其中的一批馬背上。至於那幾支盒子槍，是送給索班覺頭人的最好禮物。

拉姆看著苗君儒做完那些事，問道：「能給我一支槍麼？」

苗君儒問道：「你要槍做什麼？」

拉姆說道：「打狼！」

「打狼？」苗君儒愣了一下，雖說草原上有很多狼群，可她是頭人的女兒，無論要去哪裏，身邊都有很多隨從，就算要打狼，也輪不到她呀！

「打人狼！」拉姆笑了一下，說道：「如果是人少，你可以對付得了，可要是對方人多呢？你們漢人不是說，多個幫手多一分力麼？」

苗君儒笑道：「你說你想幫我不就行了？一說打狼，還弄得我丈二金剛摸不著頭腦，還以為你真的要打野狼呢！」

他把一支盒子槍遞過去，拉姆接過槍，熟練地查看了一下槍的性能，還有彈匣裏的子彈，而後把槍提在手裏。

苗君儒說道：「這種盒子槍是大男人用的，你們女人最好要用那種小巧一點的勃朗寧，我答應你，等我回到重慶，想辦法給你弄一支！」

拉姆有些癡癡地望著苗君儒，說道：「苗教授，你帶我去重慶吧？」

苗君儒說道：「等我替他們辦完事，索班覺頭人同意之後，就帶你去重慶！」

拉姆有些幽怨地說道：「我不想回去，你這就帶我走！」

苗君儒說道：「那怎麼能行？我答應索班覺頭人，要帶你回去的！」

拉姆策馬往前走了幾步，把槍抵在自己的胸口，說道：「你和我之間相隔十米，就算你的武功再高，也不可能快過我的手指！」

苗君儒驚道：「你想怎麼樣？」

拉姆說道：「要麼你帶我去重慶，要麼我死在你面前！」

苗君儒說道：「我答應帶你去重慶，但不是現在！你有什麼難言之隱，可以直接對我說，或許我可以幫你！」

拉姆搖了搖頭，說道：「你幫不了我的。能夠幫我的，就只有雪山上的天神！」

苗君儒叫道：「你先把槍放下，當心走火！你聽我說幾句話，如果你覺得我說得不對，不能夠幫你，隨便你怎麼樣都可以！」

接著，他說了好幾句話。當他的話說完，拉姆驚道：「你怎麼知道的？」

苗君儒笑道：「我猜的。因為我這次見到索班覺頭人時，感覺他和原來有些不同！」

拉姆問道：「那我們怎麼辦？」

苗君儒說道：「聽我的！」

他上了馬，手裏牽著另一匹馬的韁繩，和拉姆一人一騎往前走。沿途所見，看不到幾個牧民，倒是有不少牛羊的屍體，似乎到處都充滿死亡的氣息。苗君儒看得膽戰心驚，這種死亡的氣息與他見過的中日戰場完全不同，那些是血腥的，殘忍的，充滿著一個民族被侵略後的悲壯。而這裏卻是無聲無息的，那種令人揪心的死亡一直滲透到內心深處，深深地震撼著他。

幾個小時後，他們出了大山谷，看見了一大片怪石嶙峋的寬大河床，興許是許久沒有下雨的緣故，河中並沒有多少水，原本充滿生機的河岸草原上展現出觸目驚心的枯黃，油潤潤的牧草大多已經乾萎，只有遠處靠近雪山腳下的地方，還剩下一點苟延殘喘的綠。

他知道這條河流是雅魯藏布江的上游，最上面的源頭是神山岡仁波齊，這條河流經拉薩，是所有藏人心中的聖河。幾年前他經過這裏時，幾丈寬的河面上激流洶湧，驚濤拍岸之聲在山谷間轟隆隆迴響，聲勢甚是駭人。如今聖河即將斷流，不知道藏民們會怎麼想？

在聖河邊上，有不少藏民焚香朝神山方向磕頭祈禱，祈求天神寬恕，使這場災難儘快過去。

拉姆喃喃地說道：「已經快兩年沒有下雨了，很多牧民都遷到北面去了！」

在西藏地勢較高的草原上，如果不下雨或下雪，單靠雪山融化時流下來的那點雪水，是無法維持草木生長的。更何況，還有山地上那大片的青稞與小麥，都需要雨水的澆灌。固定種地的奴隸和平民沒有辦法離開，但是遊牧的藏民卻可以趕著牛羊，跑到別人的領地上去。到了別人的領地後，只要交上一定數目的牛羊，得到那裏的頭人同意，就可以了。只要那地方適合生活，遊牧的藏民會一去不返，所以，對於這裏的頭人而言，是人口與財產的雙重損失。

在經過一段沙土路的時候，突然看到沙地上有幾道很深的車轍印，他下了馬，在車轍的兩邊看了看，又用手量了量，禁不住皺起了眉頭，藏族的牛車寬不過四尺，車轍很細，而眼前的車轍則要寬得多，左右兩個輪子之間的間距超過了五尺。從車轍的深淺度看，車上一定載了很重的東西。沙地上的腳印很多，也很雜。是什麼人帶著這麼重的貨物經過這裏呢？

兩個人沿著沙土路往前走，走不了多遠，見車轍印消失在乾枯的河床上。

他們沿著河床往上走，拐過兩個山口，看到了薩嘎那灰色的石頭城牆，幾乎被淹沒在滿地的枯黃色中，使人的心情無法高興得起來。唯有遠處的雪山，給人一種心靈上的慰籍。

在薩嘎城外的河邊，所看到的藏民，都是一張張紫銅色佈滿皺紋的臉，眼神木訥而充滿惶恐。看到拉姆之後，一個個躬身而立，有的跪伏在地。從這些藏民的姿勢上就可以看得出來，哪些是平民，哪些是索班覺頭人家的奴隸。

每一個頭人家的奴隸，身上都烙有印記，不同的頭人家，身上的印記也不同。所以，即使有奴隸逃走，只要憑著身上的印記，就知道是哪個頭人家的奴隸。

在西藏，奴隸逃走的事件經常發生，歷史上曾經有過一個男人的身上烙有六家頭人印記的事情。為了防止手下的奴隸逃走，每個頭人都針對奴隸制定了極為殘忍的刑法，稍有觸犯，便有斷手斷足砍頭剝皮之虞。

奴隸與貴族一樣，有很多是與生俱來的，也有一些欠了債的平民，因為無法還債而淪為奴隸。但也有一些奴隸，在立功之後得到頭人的獎賞而成為平民，也有的靠一技之長替頭人賺取了一定數額的財富，得到了自由之身。

當他們經過幾棟低矮的石頭房屋前，苗君儒看到一個健壯的漢子，正望著他們，眼睛一眨都不眨，準確地說，是望著他身旁的拉姆。那漢子的眼神是那麼的深情而火熱，剛毅的臉上充滿著不屈與抗爭。拉姆也望著那漢子，表情複雜而悲切。

苗君儒這才看清，那漢子的腳上戴著重重的腳鐐，衣不蔽體的身上佈滿了條條傷痕。那漢子身邊站著兩個人，其中一個已經揮起皮鞭，劈頭蓋腦地朝那漢子抽去。

那漢子突然叫道：「拉姆！」

拉姆也哭道：「那森！」

苗君儒一聽到這個名字，似乎想起了什麼，縱馬上前朝那個持鞭子的人喝道：「住手！」

那人嚇了一跳，趕緊停手，並不安地看著苗君儒。

苗君儒望著那漢子，問道：「你就是當年教我怎麼甩石頭打兔子的那森？」

那漢子望著苗君儒，驚喜道：「你就是那個漢人考古學家，我還記得你送過我一樣東西！」他說完，從腰間摸出了一塊如羊脂般的小石頭來。

苗君儒認出正是那塊他從新疆帶來的和田子玉，當年他從薩嘎經過，認識了索班覺頭人和拉姆。離開薩嘎後遇到了一個放羊的少年，他見那少年用繩子套住石子飛速甩出，居然能夠打中草地上快速奔跑的兔子，那準頭令他欽佩不已。他饒有興趣地停下馬，用不太熟練的藏語和那少年交談起來，才知道那少年叫那森，是索班覺頭人家的奴隸。那森教給他怎麼用石子打兔子，還無比自豪地說，幾天前還從一群狼口下，救了騎馬出外遊玩的頭人家的女兒拉姆。學到了甩石頭的技巧後，他送給那森一塊從新疆帶來的和田子玉，並說只要把這塊玉送給索班覺頭人，那森就可以得到自由之身。

好幾年過去了，當年十三四歲的那森，已經長成了精壯的小夥子。苗君儒分別看了一眼拉姆和那森，興許就是那一次狼口下的緣分，使這對身分懸殊的人備受感情的折磨。雪山之神既然讓這對有情人有了難以割捨的情愫，又為什麼不能讓他們終成眷屬呢？

苗君儒望著那塊玉，問道：「你怎麼沒有用這塊玉向頭人贖回你的自由之身呢？」

那森說道：「那是你送給我最珍貴的禮物，我寧可當一輩子奴隸，也不會把它獻給頭人！」

都說藏族漢子重情重義，苗君儒總算領會到了，他不禁動容道：「你跟我走，我去向索班覺頭人求個情，還你自由之身。至於你能不能娶到拉姆，我就沒有辦法幫你了！」

那森的臉上並沒有苗君儒所期望的感激，他只淡淡地說道：「謝謝你的好意，索班覺頭人不會答應的！」

苗君儒問道：「為什麼？」

按他的想法，他幫索班覺頭人救回了拉姆，索班覺頭人欠他一個天大的人情，再者，他身後那匹馬上的大洋、黃金還有槍支，足夠換取一百個奴隸的自由，他只換一個，難道還不行麼？

那森一字一句地說道：「因為我是那森！」

苗君儒說道：「凡事都不能早下定論，我還沒有去找索班覺頭人，你怎麼會肯定他不給我面子？不過，我以為今天的你早已經不是以前的你了，如果你僅僅是一個窺視他女兒的奴隸，你的人頭早就不在脖子上了。他給你戴上那麼重的腳鐐，並專門派兩個人守著你，不可能沒有原因的！」

那森笑道：「你猜對了！」

苗君儒說道：「也許我見到索班覺頭人之後，就知道他為什麼要那麼對你的原因！」

那森說道：「等你知道原因，你就明白了！」

他正要調轉馬頭，卻見那森轉身時，破舊的粗布藏袍斜向一邊，露出了胸口的一個標誌，他說道：「也許我不用去見索班覺頭人，已經知道是什麼原因了！告訴我，你胸口的標誌，是什麼時候有的？」

那森說道：「三年前，當索班覺頭人知道我和拉姆的事後，派人把我用鐵鍊鎖在雪山腳下的一塊大岩石上，想讓我餵鷹。誰都沒有想到，就在第七天的傍晚，一隊路過的人救了我……」

苗君儒說道：「是一隊僧侶，還有一個看上去年紀很大的活佛？」

那森微微一驚，問道：「你怎麼知道？」

苗君儒說道：「因為我也見過他們！」

那森說道：「他們救了我，並賜給我法力。他們在我的胸口刺了這個標誌，說我是神的使者！」

苗君儒說道：「準確來說，你是神鷹使者！正因為你有這個身分，索班覺頭人才不敢輕易殺你！這三年來，你都做了什麼？」

那森說道：「什麼都沒做，還是當我的奴隸。只在兩年前，在死亡谷那邊救了幾個人，其中一個是普蘭那邊哈桑頭人的小老婆。我聽說哈桑頭人為了追回被漢人偷走的東西，帶人去追到山谷裏，結果惹天神發了怒，把所有的人都下了地獄！」

苗君儒心道：真是踏破鐵鞋無覓處，得來全不費工夫。當他聽說了哈桑頭人的死訊後，就想弄清哈桑頭人究竟是怎麼死的，要想知道當時的情況，最好的辦法就是到哈桑頭人死去的地方看一看。他問道：「你知道哈桑頭人被埋的地方麼？」

那森說道：「就在格列那邊的一個叫死亡谷的山谷裏！」

格列是一座雪山的名字，位置在薩嘎西面四五十里的地方，從那邊往西北，有一條小路可直通拉薩，但是道路崎嶇難走，處處懸崖峭壁，冰磧和喀斯特冰川，稍有不慎便會墜落萬丈深淵，或陷入冰洞中。

苗君儒原來經過那邊的時候，聽嚮導說過那座雪山，來往客商經過那座雪山腳下時，都小心翼翼的，害怕觸怒了山上的天神，帶來無妄之災。沿著那條路一直往前，有一段很奇怪的地方，走這條路的人，十有八九不是命喪雪山腳下，就是連人帶牲畜全部離奇失蹤，也不知道去了什麼地方。死亡谷雖然那麼令人可怕，但由於從這裏穿過去到拉薩比走別的地方近一半以上，所以，仍是有人願意冒這個險走這條路。

格列的藏語意思是吉祥，寄託了藏族人對這座雪山的恐懼與渴望。

苗君儒說道：「如果我向索班覺頭人求情，讓你成為自由人，你能不能帶我去那裏？」

那森說道：「自從兩年前哈桑頭人被天神發怒降罪之後，就沒有什麼人敢去那邊了，我聽說哈桑頭人的大少爺幾次派人進去，結果都沒有人出來！想要我帶你去，必須答應我一個要求！」

苗君儒問道：「什麼要求？」

那森望著拉姆說道：「我要她和我一起去！」

苗君儒笑道：「不虧是神鷹使者，知道怎麼討價還價，確實和原來的那森不一樣了。不過，拉姆能不能和你一起去，並不是我所能答應的，得看索班覺頭人的意思！」

那森說道：「我在這裏等你回來！」

苗君儒似乎想起了什麼，問道：「你有沒有看到有一個大商隊從這裏過去？」

那森說道：「他們趕著三輛大車，車上滿載著貨物，有上百人呢！他們並沒有進來，而是繞過河邊，從大路往前面去了。」

苗君儒點了點頭，調轉馬頭，說道：「我一定不會令你失望！」

索班覺頭人的府邸在薩嘎城內東南角，那裏緊挨著一間寺院。幾年前苗君儒到索班覺頭人家做客時，還到寺院裏去禮了佛。

走進薩嘎城時，苗君儒看到的同樣是一副如臨大敵的樣子，城門口兩邊的石垛上架起了機槍，兩邊的路都設置了路障，幾隊服裝顏色各異的藏兵，在城門口來回徘徊，狼一樣的眼睛盯著來往的藏民。可當他們看到拉姆時，一個個低頭躬身而立。

與幾年前相比，薩嘎城少了幾分祥和，多了許多蕭殺之氣！

兩人剛走進城門，見前面來了一隊人，走在前面的，正是索班覺頭人。康禮夫和小玉他們那些人，就跟在索班覺頭人的身後。

「哈哈，我可愛的女兒，聖河邊上的仙女，你終於回來了！」索班覺頭人滾鞍落馬，上前說道：「苗教授，謝謝你救了我的女兒。為了感謝我對你的敬意，我想……」

苗君儒搖了搖手，下馬微笑道：「我帶拉姆離開吉隆後，遭到幾個漢人的追殺，很不幸的是，他們都死在我的手裏了，我身後這匹馬上，有大約兩百兩黃金，三百塊大洋，還有幾支槍，我想用這些東西向你換一個人！」

索班覺頭人笑道：「苗教授，你這是說哪裏的話，當著這麼多朋友的面，也太小看我索班覺頭人了。你苗教授想要的東西，我能不給麼？除了我的寶貝女兒拉姆之外，誰都可以讓你帶走！至於那些東西，你們帶在路上用得著！」

苗君儒說道：「既然索班覺頭人這麼說，那我可先謝謝了！我要的人是一個叫那森的奴……」

他的話還沒有說完，索班覺頭人臉上的表情瞬間僵住，過了好一陣子才說道：「你要他做什麼？」

「我要他帶我去一個地方！」苗君儒說道：「他雖然是你的奴隸，但如果他真要離開這裏，誰都無法阻攔他，對不對？」

索班覺頭人神色黯然地說道：「是的，我雖然用鐵鐐鎖著他，可是憑他的本事，誰又能控制他呢？更何況，他是……」

苗君儒打斷了索班覺頭人的話，說道：「你知道他是什麼人就行了，怎麼樣，你願不願意送給我？」

索班覺頭人說道：「我怎麼不願意？只是他不能離開這裏！」

苗君儒問道：「為什麼？」

「因為……」索班覺頭人似有難言之隱，他看了看身後的那些人，沒有繼續說下去。

苗君儒上了馬，隨手抓住拉姆座下那匹汗血寶馬的馬韁，說道：「既然這樣，我只好帶走拉姆！」

劉大古董上前大聲道：「苗教授，你到底要做什麼？那個叫那森的是什麼人，何至於你會這樣？」

苗君儒冷冷說道：「對我而言，索班覺頭人家的這個奴隸很重要，也許在整件事中，他是一個非常關鍵的人物。」

劉大古董問道：「苗教授，你說這話是什麼意思？」

苗君儒望著康禮夫，緩緩說道：「康先生，上千年來，絕世之鑰都沒有離開過神殿，多少尋找寶石之門的人都命喪高原！而你，卻那麼容易就拿到了，不覺得太簡單了麼？」

索班覺頭人吃驚地望著他們，問道：「什麼，你們拿到了絕世之鑰？」

康禮夫坦然說道：「不錯，而且我們是來尋找寶石之門的！」

索班覺頭人往後退了幾步，冷然道：「你們以為能夠找得到麼？」

康禮夫笑道：「我相信苗教授，他不會讓我失望的！」

苗君儒牽著那匹汗血寶馬，正要往城外走去，卻聽索班覺頭人大聲喝道：「苗教授，你也太不把我放在眼裏了！」

苗君儒頭也不回地說道：「索班覺頭人，我這麼做只是為了解開我心中的疑團！放心，我會把拉姆完好無損地還給你的！」

「我可不像康先生那麼隨便相信人！」索班覺頭人一揮手，立刻有大批的藏兵將苗君儒團團圍住。

「爸啦！讓我跟他走！」拉姆拔出槍頂在自己的胸前，大聲說道：「我也想知道，如果他真的那麼愛我，為什麼我被德格大頭人搶走之後，他居然無動於衷地留在這裏！」

索班覺頭人說道：「他也是迫不得已……」

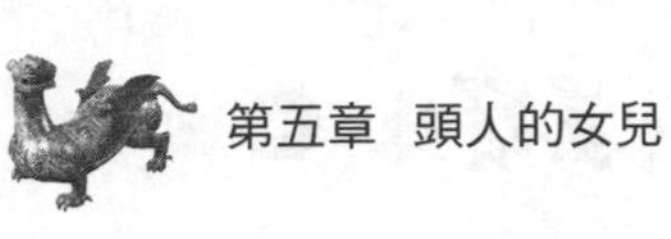

苗君儒厲聲問道：「你怎麼知道他是迫不得已，你到底知道多少？」

索班覺頭人從旁邊的人手裏接過一支步槍，含淚瞄準拉姆，大聲道：「我不准你去找他！」

苗君儒大聲道：「你剛才說過，她可是你的寶貝女兒，是聖河邊上的仙女，就為不讓她去見一個奴隸，你真能狠心殺了她？」

旁邊的那些人聽了他的話，一個個面面相覷，不知道發生了什麼事，也不知道該怎麼說才好。

索班覺頭人有些淒慘地一笑，說道：「我也是沒有辦法，別逼我！」

苗君儒大聲道：「索班覺頭人，沒有人逼你，是你在逼你自己，明白嗎？其實我早就看出來了，憑你聯合幾個頭人的勢力，完全可以一舉攻下吉隆，用德格大頭人的家人換回你的女兒，可是你並沒有那麼做，為什麼？」

索班覺頭人仰天發出一聲長歎，說道：「你只不過是一個考古學者，為什麼要知道那麼多？」

苗君儒看了一眼大家，繼續大聲道：「因為我越來越覺得整件事的背後，都被一雙黑手操控著，而那雙黑手，絕對不是為了阻止我們尋找寶石之門，而是借此事達到另外一種不可告人的目的。也許我們這些人，包括死去的那些人，都是這件事之中一顆小小的棋子而已！」

他說這些話的時候，康禮夫和多吉兩人的臉色微微變了變，但瞬間便恢復了正常。

索班覺頭人苦笑道：「當年我認識你的時候，就知道你不是一般的人，現在我終於明白了！」

苗君儒問道：「你明白了什麼？」

索班覺頭人並沒有回答，突然調轉槍口，抵住自己的下頷，毫不猶豫地勾動了扳機。一聲槍響，他的頭頂噴出一股血注，身體往後就倒。霎那間，所有的人都驚呆了。

苗君儒望著索班覺的屍體，喃喃道：「其實你不用自殺的！你以為只要一死，我就找不到答案了嗎？」

他縱身下馬，快速上前，扯開索班覺頭人胸口的藏袍，赫然露出一個醒目的標誌來。

多吉驚道：「啊，他也是神鷹使者？」

索班覺頭人一死，那些圍著苗君儒的藏兵失去了領導，一個個拿著槍不知所措。

原來站在索班覺頭人身邊的一個小頭人突然叫道：「不要讓這些漢人走了！索班覺頭人是他們害死的！」

他這麼一喊，那些藏兵似得到了命令一般，將所有的漢人圍了起來。林正雄把身子擋在康禮夫的面前，以防那些藏兵突然開槍傷了康禮夫。董團長他們也不甘示弱，槍口平端對準那些藏兵。

苗君儒看了看雙方的人，藏兵人多，要真動起手來，吃虧的還是這邊。他望著那個正往後退去的小頭人，喝道：「我看你也不是什麼好人，你往哪裏逃？」

那個小頭人還沒走幾步，就被苗君儒趕上，一把抓住肩頭，痛得他齜牙咧嘴，從腰間拔出一把短刀，朝苗君儒當胸刺到。

苗君儒早料到這人會這樣，另一隻手早已經抓住小頭人握刀的手。只聽得一聲脆響，小頭人發出慘號，那隻握刀的手被硬生生扭斷！他的手並沒有停，順勢扯開了小頭人身上的藏袍。

他望著這個痛得臉色發青的小頭人，冷冷道：「果然都是神鷹使者！」

另外的兩個小頭人見狀，主動朝眾人袒開了衣服，他們的胸口，並沒有那個標誌。

苗君儒對那兩個小頭人說道：「廢話我不想多說，你們倆現在要做的，就是儘量不要生事，保持這裏的祥和！從現在開始，我們大家都有義務，不能讓雪山下再血流成河！」

那兩個小頭人相互望了望，一齊朝苗君儒點頭。

苗君儒接著對康禮夫說道：「康先生，你們在這裏等我回來！」

說完後，他扯了拉姆座下的汗血寶馬，一同朝城外急馳而去。

守在城門口的藏兵見兩匹馬一前一後地急馳而來，早已經手忙腳亂地拉開放在城門口的路障。

苗君儒和拉姆旋風般的出了城，朝那森所在的地方而去。拉姆騎在馬上，不住地默默流淚。

兩人很快來到那幾間石頭房子前，見那森還站在那裏，看到他們倆急馳過來，微微笑道：「怎麼這麼快就來了？索班覺頭人答應你了？」

苗君儒勒馬道：「他死了，是自殺的！」

那森的眼中閃過一抹疑惑：「他為什麼要自殺？」

苗君儒說道：「因為他的心裏還有一點良知！」

那森問道：「你都知道了？」

苗君儒說道：「索班覺頭人和你一樣都是神鷹使者，你們有各自的使命，雖然我不知道他的使命是什麼，但是我知道，他在最關鍵的時候，做了一個最明智的選擇。」

那森冷冷地笑著並不搭話。

苗君儒說道：「你要我辦的事，我已經辦了，現在，你應該帶我去格列那邊的山谷，看一看兩年前哈桑大頭人被天神招去的地方。」

正說著，從城內跑出來一匹馬，馬上坐著小玉和那屍王。

苗君儒問道：「你怎麼來了？」

小玉說道：「和你在一起，比和他們在一起安全！」

那森看了幾眼小玉和那屍王，對苗君儒說道：「好，我帶你去！」

他說完話，突然伸出雙手，以一種極快的速度突然抓住那兩個看守的脖子，只一捏。那兩個看守連吭都沒吭一聲，屍體就倒在地上。接著，他彎下腰，抓著腳鐐用力一扯，那指頭粗的腳鏈，居然被他那麼一扯就扯斷了。

苗君儒說道：「在走之前，我希望你把當年我送你的那塊玉還給我！」

那森的眉頭一皺，問道：「為什麼？」

苗君儒說道：「因為你已經不是當年的那森了！」

那森似乎受到了侮辱，從懷中取出那塊玉，在手心看了看，筆直朝苗君儒扔了過來！苗君儒的手一抄，已經將那塊玉抓在了手裏。

那森上了拉姆的那匹馬，雙腿一夾馬肚，那馬長嘶一聲，朝城外的另一條路奔去。

苗君儒策馬緊跟上去，小玉拍了拍那屍王，說道：「我們也跟上去！」

幾匹馬順著城牆邊的一條路往前走了一陣，拐上了去北面的一條大路。這條路可以一直通往藏北那邊，在明朝的時候，就是一條官道，說是官道，其實就是寬不過兩三米的土石路。由於這條路要穿過許多雪山和峽谷，所以有些地方幾乎是在岩壁上開鑿出來的，寬度不過一米，艱險難走至極。

十幾里的路，幾個人騎馬走了兩個多小時。這一路上，拉姆一直捂著臉低泣。好不容易來到一個三岔路口，那森策馬朝另一條小路而去，可能是由於許久沒有人走的緣故，小路兩邊雜草叢生。往前走了大約五六里，那森勒住馬，指著東南面的一個山谷說道：「從這裏進去就是！」

這個山谷的谷口有一條土石路，一直延伸向山谷裏面，靠近山腳的地方，有幾叢黃色的桑格花開得正豔。在谷口左邊的岩壁下，立著一塊木牌，上面用藏語和漢語寫著：死亡之谷。

第六章

死亡谷

剎那間，他看到前面山谷拐彎處的岩壁上，
平空裂開了一道大口子，放在地上的帆布包被風捲起，
朝那道口子飛過去，瞬間就沒影了。
那道口子就如同一個巨人張開的大嘴巴，
貪婪地吞噬著世間的一切。

那森下了馬，朝那幾叢桑格花走過去，當他經過一片雜草時，只見那草中一陣響動，一個扁平的蛇頭從草中豎了起來。

說時遲那時快，還沒等苗君儒示警，那森的手一抄，已經緊緊捏住那蛇的三寸之處，將那條碗口粗細，通體白得發亮的大蛇從草中拖了出來。

苗君儒在野外考古多年，見過不少奇蛇和怪蛇，其中還有不少靈異蛇類，但是這種純白色的蛇，他卻沒有見過。

那條蛇被抓出草叢後，尾巴那頭一掃，已朝那森的腰部掃到。苗君儒驚駭地發現，那蛇尾上居然還有一個頭，那個頭已張開巨口，露出白森森的毒牙。就在那個頭距離那森的腰部不足兩寸的時候，只見那森的身體一扭，那蛇頭咬了個空。那森的另一隻手已經當頭抓到，緊緊將另一個蛇頭抓在手裏。

那蛇在他的兩手中間扭動著，口中發出如同嬰兒般的啼哭聲。

小玉驚道：「神山守護者！」

苗君儒也已經認出，這條蛇就是西藏傳說中的神山守護者。傳說神山之巔是天神居住的地方，天神為了防止人們的打擾，特命令一種奇蛇守在神山的半山腰處，這種奇蛇能夠發出嬰兒般的啼哭聲，而且有兩個頭，通體潔白如冰雪。據說見到這種蛇的人，都會受到天神的責罰。所以，那些見到這種蛇的藏民，都會遠遠地逃走，不敢再向前走，以免被天神責罰。

很少有藏民見到這種蛇，但是傳說卻一直流傳著。

苗君儒望著小玉，說道：「看來你對西藏還知道得不少！」

小玉說道：「我只是聽人說的！」

據苗君儒所知，這種蛇只在有雪的地方和冰原上活動，以山鷹及各種鳥類為食。這處谷口的海拔高度，距離格列雪山的雪線還差幾百米，以現在的月份，受太陽光照和山谷地勢的影響，這種海拔高度的地方的溫度比雪線之上要高近二十度。

相差十度，足夠將這種生存在雪地裏的奇蛇給熱死，何況是二十度，所以，這種蛇絕對不可能出現在這裏的。

苗君儒下了馬，走近那草叢，正如他所猜的，在草叢中有不少冰雪。這些從雪山上採集來的萬年冰雪，即使放在這樣的地方，也相當不容易融化。有了那些冰雪，這條蛇自然能夠在這地方待著，而且只在冰雪中待著，哪裏都不敢去。

有這條蛇在這裏，早就將那些想抄近道的藏民嚇跑了，哪裏還有人敢進去？

將那條蛇放在這裏的人，只需要每隔一段時間，從雪山上採集冰雪運到這裏就行了。

那森發出一聲大吼，將那條蛇遠遠地丟了出去。只見那蛇落在地上，扭曲著鑽進了石縫中。沒有了冰雪，那條蛇在石頭縫中活不過一天。除非到了晚上之後，牠能夠回到有冰雪的地方。

苗君儒望著那森，說道：「有人故意把那條蛇放在這裏，這麼做的目的，是不想讓人們知道山谷內的秘密！」

那森問道：「你認為山谷內還有什麼秘密？」

苗君儒說道：「進去不就知道了？」

由於谷內的小路早已經被樹叢和雜草掩蓋，根本無法騎馬行走，所以大家只得牽著馬往裏走。苗君儒的手裏揀了一根棍子，走在最前面，邊走邊用棍子敲打面前的草叢。那森用手牽著拉姆，跟在苗君儒的身後，不時低聲安慰拉姆。小玉每走一步都很小心，而她身後的屍王，則如小孩一般，興奮地看著周圍的景物，不時發出「喔喔」的聲音。

苗君儒低聲喝道：「嘎嘎弱郎，不要亂叫！」

屍王一聽苗君儒那麼說，伸了一下烏黑的舌頭，趕緊用手捂著嘴，露出俏皮的神色。

那森看到屍王的樣子，不禁問道：「苗教授，你叫他什麼？」

在他的意識中，沒有哪個藏人的名字取名叫弱郎（殭屍）的。

苗君儒低聲道：「他的父母都是殭屍，他一生下來就是殭屍，而且是可遇而不可求的千年屍王。我見過你們的那個什麼活佛，他已經練成了千年不死之身，要不是我身上有舍利佛珠，這屍王早就給他搶了去。」

那森的臉色一變，張了張口，沒有說話。

進谷後，小路沿著山勢往右走，幾個人剛拐過去，就見眼前的情形與身後完全不同，地上寸草不生，所有土石都是紅褐色，在太陽光的映照下，滿眼皆紅，令人頭暈目眩不已。在這種光線的反射下，普通人的眼睛根本無法承受，稍有不慎，便有永久失明的危險。

苗君儒讓那森和小玉他們留在原地，他似乎早有準備，拿出一副防風墨鏡戴上，繼續往裏面走去。

山谷的走向迴旋曲折，他獨自一人往裏面走了兩個彎，見前方沒有了去路，道路被坍塌的亂石所堵住。他抬頭看了看，見雪線的下方明顯有一處場方的痕跡。想必是當年下面的人在爭鬥時，槍聲引發了雪崩，冰雪攜帶著巨石翻滾而下，將路上的人全埋了。天氣轉暖之後冰雪融化，只留下這些大小不一的石頭。

他望著這堆亂石，發出一聲長歎，所有的人都埋在石頭下面，連屍骨都無法找出來，還有必要在谷口弄那些玄虛麼？

他艱難地爬上那堆亂石，朝石堆的後面望去，見石堆後面的亂石中有好幾具骷髏。他爬下石堆，來到那幾具骷髏的面前。從骷髏身上那殘留的衣服看，都是頭人身邊的侍衛，旁邊還有幾支生了鏽的盒子槍，槍柄也已經腐爛。

越往前走，骸骨越多，而且很多都不成人形，東一塊西一塊的，也辨不清有多少人死在這裏。走了一陣，他的目光注意到了最前面一塊巨石下面的那具骷髏，疾步走過去，儘管人已經變成了骷髏，但是身上那金絲線繡成的五彩藏袍變不了。他低下身，從骷髏的腰間找到了一塊玉牌。這塊玉牌的色澤與格布給他的那塊一樣，正面是一尊座佛，背面是蠅頭大小的藏文，內容是哈桑大頭人的家族背景和生辰。

有這塊玉牌，就足以證明躺在這裏的這具骷髏就是哈桑大頭人。當他的眼睛看清骷髏頭顱的後腦上的一個洞眼時，頓時大吃一驚。他隨手撿起骷髏頭，見額頭部位還有一個洞眼，比後腦的洞眼要大得多。很顯然，這兩個洞眼都是子彈穿透時留下了，進去的洞眼小，出來的洞眼大。

從戰場的物理學考慮，子彈絕對是由後腦進入額頭穿出。難道有人在後面朝哈桑大頭人開槍不成？想到這裏，苗君儒不禁動容，誰會朝哈桑大頭人動手呢？

就算哈桑大頭人是被自己人殺了，那個人大可在事後潛入山谷，將人頭弄走便可除去痕跡與證據，完全沒有必要故弄那些玄虛。

他朝別的地方看了一會兒，也看不出有什麼不同。他從另幾具骷髏的旁邊撿了藏刀，挖了一個淺坑，將骸骨身上殘碎的衣物和一些隨身飾品埋了起來，又找了一塊長方形的石塊，在石塊上用藏文刻下哈桑大頭人之墓一行字，拱手朝墳墓施了一禮，心中道：如果你在天有靈的話，保佑我早日揭開整件事的真相，替你查到兇手。

作為異性兄弟，他絕對不能讓這位義兄的骸骨永遠暴露在這種地方，必須得到應有的大頭人葬禮。而他，更有義務找到那個在背後開槍的兇手，讓義兄的靈魂在天堂得到安寧。

苗君儒走出山谷，見那森和拉姆正低聲說著話，兩人好像發生了什麼爭執。而小玉和屍王則站在另一邊，有些漠然地望著他們。

那森一扭頭看到苗君儒，急切地問道：「苗教授，裏面有什麼？」

苗君儒說道：「只有死人！」

那森驚道：「什麼？死人？」

苗君儒說道：「是的，都成骷髏了！」

那森問道：「那你手上提的是什麼？」

苗君儒說道：「是哈桑大頭人的骸骨。從人頭上的槍洞看，他是被自己人害死的！我想知道，當年你在哪裏救了哈桑大頭人的小老婆，當時是什麼樣的情況？」

那森指著來的路說道：「就在前面不遠，我是聽到雪山天神發怒的聲音之後趕來的。當時除了她之外，還有兩三個漢人，我殺了那幾個漢人，把她救了下來。」

每當有雪山崩塌的事件發生，附近的藏民都會義不容辭地趕去救援，連頭人也不例外。從那森說的話裏，苗君儒最起碼知道當時在山谷裏確實發生了一場槍戰，是槍戰導致了雪崩。他問道：「谷口的那塊警示牌是什麼時候立在那裏的？」

「這我可不清楚！」那森說道：「不過，我幾天後又來到這裏，就看到谷口豎了一塊木牌！我告訴過你，從那之後有幾撥人進去，都沒有出來，就沒有人再敢進去了！」

谷內確實有不少骸骨，苗君儒也仔細看過，與另外那些骸骨不同的是，找不到一點外傷的痕跡，也不知那些人是怎麼死的。可無論怎麼死，都是有原因的。

小玉走過來問道：「苗教授，你說哈桑大頭人是被自己人害死的？怎麼會呢？」

「證據就在我這個包裹裏！」苗君儒說道：「我想和你去一趟普蘭，見一見哈桑大頭人的大兒子達傑，也許能知道些什麼！」

小玉問道：「那森說這個山谷是死亡谷，從那以後，所有進去的人都沒有出來，為什麼你進去後卻一點事都沒有呢？」

「我也不知道為什麼！」苗君儒說道。

兩人正說著話，就聽到空中傳來一聲鷹嘯。

那森聽到這聲音，仰頭也發出一聲長嘯。苗君儒仰頭朝空中望去，見一個黑點出現視野中。那黑點迅速變大，近一看，才知是一隻鷹。這鷹比高原上最常見的禿鷹要小得多，但卻比鴿子不知道大了多少。

那森伸出手，已經將那鷹抓在手中，並從鷹足上取下一支小管，丟開鷹後，從小管裏拿出一頁紙來。

在西藏，不要說奴隸，就是普通的平民，也沒有幾個人識字的。苗君儒見那森看完那紙條後，將紙條放入口中吃掉，便問道：「你接到了什麼指令？」

那森轉過身，說道：「殺了你！」

苗君儒問道：「我們一離開薩嘎，他們就知道了？」

那森點了點頭。

苗君儒見那森一步步逼上前，於是冷然道：「你確信你能殺得掉我麼？」

「試一下就知道了！」那森說完，身體已如鷹一般的掠起，向苗君儒撲去。

拉姆驚道：「不要呀……」

拉姆的話音未落，那森已經與苗君儒交上手了。

苗君儒退了兩步，避開那森的鋒芒，右手抓向那森的手腕，想要扣住對方的脈門。這一招他是從武當山一個道士那裏學來的，如果運用得當，一招便可制敵。無論什麼人，只要被扣住了脈門，通身的勁都使不出來。

他已經抓住了那森的手腕，食指成鉤朝脈門扣了下去，就在霎那間，他驚出了一身冷汗。因為他的手雖然搭在那森的手腕上，卻感覺到那森的手臂硬如鋼鐵，根本扣不下去。

他急忙放開手，又往後退了幾步，大聲道：「我早就聽說每個神鷹使者都有一種異術，你這身硬若鋼鐵的肌肉，恐怕在西藏找不出第二個。你當年被索班覺頭人用鐵鍊困住手腳綁在石頭上，在那樣的情況下，居然能夠熬到第七天，所以你也不是普通人。」

「不錯！」那森說道：「我的手腳雖然不能動，但是頭還是可以動！一隻鷹的血，可以讓我維持一天。」

人在絕境中爆發出來的求生欲望是很強烈的，當那森被綁在石頭上狀若死人時，那些禿鷹下來啄食，偶爾有一隻被他用嘴巴咬到，就成為他的口中食了。

那森沒有再說話，繼續撲向苗君儒。苗君儒也知那森不同常人，所以他一交手就使出畢生所學，想以最快的速度將那森打倒。儘管他的武功高超，可拳腳打在那森的身上，竟如同打在鐵板上一般，僅僅將那森打退了幾步。可那森的身法並不慢，轉眼又逼了上來，十幾招過後，他已經險象環生，被那森的連番進攻逼到了山腳的岩壁下，已經沒有退路了。他大口大口地喘著氣，剛才的一番爭鬥，耗去了他很大的氣力。在這高原之上，受低氣壓的影響，普通人連走路都費力，更別說像這樣的拚死爭鬥了。

就在那森以一種不可思議的速度隔開苗君儒的抵擋，冷笑著抓向他頭頂的時候，一道人影從旁邊衝了過來，撞開了那森。

那屍王站在苗君儒的面前，憤怒地望著那森，他張開口，露出那一口尖利的獠牙，不斷吼叫著向那森示威。

苗君儒靠在岩壁上，有些欣慰地看著屍王，在這種緊急的時刻，想不到屍王會出手救他。他看著屍王的背影，有些驚奇地發現，屍王似乎比原來又長大了一些，看上去像一個十四五歲的少年了。

那森被屍王一撞，似乎已經知道屍王的厲害，不敢冒然進攻，而是繞著圈子尋找機會。

拉姆衝了過來，堵在屍王與那森之間，對那森問道：「為什麼？」

那森叫道：「你讓開，等我殺了苗教授，就馬上帶你離開這裏！」

拉姆拔出了腰間的手槍，指著那森說道：「我不會讓你殺他的！」

那森往前逼了幾步，拉姆的手一抖，兩聲槍響，子彈射在那森面前的地上，激出了一些塵土。那森說道：「拉姆，如果我不殺他，我和你都不能活著離開這裏……」

拉姆悲憤地看著那森，幽怨地說道：「你已經不是原來的那個那森了，你……你變了……」

那森說道：「我是變了，可是我對你的愛卻沒有變，我們的感情就如同雪山上的雪蓮花一樣純潔……」

「夠了！」拉姆大聲吼道：「你說你愛我，可是當我被德格大頭人的人抓走祭神的時候，你在哪裏？」

那森痛苦地說道：「我……神佛告訴我，你不會死的……」

他的解釋顯得蒼白無力。

拉姆眼中淚水漣漣，聲音也變得沙啞：「你所說的神佛，就是苗教授說的那個邪魔，你和我爸啦一樣，都是邪魔的僕人，是雪山腳下的惡魔！」

那森連聲叫道：「我不是……我不是惡魔……不是……」

拉姆望著那森的樣子，幽幽地唱起了一首古老的藏族情歌……雪山上的天神呀，能否聽到我們的祈禱，美麗的格桑花，長在高山上，聖河的水呀，就像我哭泣時的眼淚，幸福的花朵，何時才能開放，心愛的人哪，你為什麼會令我傷心……

歌聲幽怨而悲戚，令聽的人不禁動容。她的歌還沒有唱完，只見從谷口方向來了幾個用黑布蒙著面的人，每個人的手裏都提著盒子槍，一看到他們，槍聲頓時響起，子彈如雨般向苗君儒潑去。

這種德國造二十響的盒子槍，既可單發也可連發，在近距離內，一梭子全掃出去，威力可比美國的衝鋒槍。唯一不足的是，容易失了準頭。

拉姆剛要轉身去保護苗君儒，猛地感覺到胸前一陣痛楚，低頭看時，見胸口冒出幾縷血花，她驚駭地望著苗君儒，臉上露出痛苦的樣子，她伸出手想要抓住他，可手一伸出，身體已經軟軟倒了下去。

那森縱身上前抱住拉姆，拉姆的口中噴血，喃喃道：「那森……你聽……我說……苗教授是……」

她的話還沒有說完，就已經咽了氣。

那幾個人的目標是苗君儒，對沉浸在悲痛中的那森視若無睹。他們看上去受過訓練的樣子，相互交替著掩護前行。

苗君儒一見到那幾個人出現，就知道對自己不利，好在他早有準備。拉姆替他擋了第一波子彈之後，他迅速閃身到一塊巨石後面，思索著應對之策。

那幾個人見屍王站在巨石前，其中的一個人見狀，將槍口瞄準屍王，射出了槍裏所有的子彈。屍王的身體被子彈打得連連後退，胸前出現了一個個的洞眼，如篩子一般，但是他並沒有倒下。

那幾個人吃驚不小，相互低聲商量了一下，一手持槍，另一隻手拔出了腰間的刀。這種刀與藏刀相似，刀身薄而窄，刀頭寬扁，長度約五十釐米，最適合近身肉搏，劈剁刺都行。

那幾個人經過那森身邊時，只見他如瘋子一般的站起，抓住一個人的身體，活生生將那人扯開，鮮血頓時淋了他一身。

另幾個人嚇了一跳，正要有所反應，可惜已經遲了。那森就像一隻憤怒的獅子，速度快而兇猛。轉眼間，已將另兩個人撕碎，殘肢斷骸丟了一地，山谷中瀰漫著熏人的血腥氣。

苗君儒面前的屍王聞到血腥味，頓時興奮起來，不由自主地向一堆血肉走去。苗君儒從巨石後面閃出，拖住屍王叫道：「你想幹什麼？」

他驚異地發現，此時的屍王與以前見的完全不同，臉上盡是邪惡之氣，連眼珠也同藏紅花一般血紅。

在另一邊，剩下的最後那個人連連朝那森射擊，都被那森躲開。驚駭之下，那人逃向一堆樹叢，從裏面抓出一個人來。那森定睛一看，正是原先與屍王站在一起的小玉。

他一步步地逼上前，那人早已經丟掉了沒有子彈的槍，拔出刀抵在小玉的脖子上，不住地往後退去。

小玉嚇得發白，身體不住地發抖，連聲說道：「救我……救我……」

那森已經一個箭步衝了上去，快速抓住那人握刀的手，並將那人的脖子扭斷的一霎那，感覺胸前有些異樣。他踉蹌地往後退了幾步，轉身異樣地看著小玉，問道：「為什麼？」

可惜他還沒有得到答案，就已經倒了下去。一把短刀就插在他的胸口，正中他的心臟。

「你果然有問題！」小玉的身後傳來苗君儒的聲音，她轉身後，看到那屍工倒在地上，一副熟睡的樣子，而苗君儒卻站在那裏，手裏的槍正對著她。

小玉說道：「苗教授……是誤會，我不小心才……」

苗君儒說道：「你不是不小心，而是你太心急了！」

小玉很快鎮定下來，問道：「你看出什麼了？」

苗君儒問道：「那森明明是在幫我，你為什麼要殺他？而他剛才要殺我的時候，你卻站在旁邊不動手，這是為什麼？」

小玉說道：「我不……不知道為什麼？」

「不，你知道。」苗君儒說道：「你如果不趁機刺中他的心臟，憑我和你兩個人的能力，還沒本事殺他。我之前見過一個神鷹使者，也是被人用這種方法殺掉的！要想殺死神鷹使者，唯一的方式就是趁其不注意的時候，準確地用刀刺中他們的心臟，我說的沒錯吧？能不能告訴我，你是跟誰學的？」

小玉說道：「因為……因為以前我曾經見過有人殺這樣的人！」

苗君儒問道：「你見過的那個人，是不是馬長風？」

小玉的臉色微微一變，問道：「你怎麼會這麼懷疑？」

苗君儒說道：「雖然馬長風對我說過他在西藏有不少朋友，可是我想，就算他的朋友是索班覺頭人那一類的人，也不可能讓他成功地將絕世之鑰那樣的東西帶出西藏。所以，我猜測他定然有著不同一般的本事！哈桑大頭人是為了追回被盜取的絕世之鑰死的，他和馬長風肯定在這山谷裏有一場激戰，沒理由他死了而馬長風卻活著離開。西藏的哪條險路上沒有死過人，就算馬長風僥倖逃脫，為什麼神鷹使者卻不許任何人進入這個山谷。很顯然，這個山谷裏還有著不為人知的秘密。可惜我暫時無法找到答案。」

小玉說道：「那一次我跟他來西藏的時候，晚上遭到幾個人的追殺，也是胸口有鷹的那些人，最後還是馬長風用這種方法，才把人殺死的。我雖然和他認識那麼多年，而且我們還是……但是對於他的一些事情，我並不是很瞭解！」

苗君儒略有所思地想了一下，走到那具蒙面的屍體旁，扯開屍體胸前的衣服，說道：「他們果然都不是神鷹使者，並且他們都是漢人！他們用黑布蒙面的目的，就是不想讓人認出來。他們跟在我的身後，也不是一兩天了，你應該知道他們是什麼人，對不對？」

小玉問道：「你懷疑他們和我有關係？」

苗君儒說道：「不錯，而且你剛才殺死那森的時候，露出了手臂上的傷痕，所以我進一步肯定了自己的猜測！」

小玉問道：「你肯定什麼？」

苗君儒說道：「從一開始我認識你，我就看出你不簡單。你對我說，馬長風寫信給你，叫你去見蒙力巴，而蒙力巴卻給了你一塊紋著禿鷹的人皮，要你去普蘭找一個叫拉姆的女人。剛開始，我還相信你的話，可是當那個巴仲活佛說你是不祥之人後，我就開始注意你了。於是我越來越發現，你確實不簡單。」他看了一眼正在熟睡中的屍王，說道：「他跟著我的時候，雖然聞到血氣也會興奮，但完全可以控制得住。巴仲活佛對我說過，一旦屍王吸食了人血，激發了魔性，就沒有人能收服得了了。好在他送給了我一顆舍利子，讓我在屍王的魔性發作之前，放入他的口中，可以令其昏睡而暫時克制他的魔性。他自從跟了你之後，一路上你不斷用刀割開自己的手臂讓他吸食人血，一步步激發他的魔性，你這麼做，顯然是有目的的。」他收起槍，接著說道：「我不管你有什麼目的，總之我不會讓你跟著我，你……走吧！以後不要再讓我碰到你！」

他走到那森的屍身旁，拿出那塊玉石，放入那森的懷中。那森雖然是神鷹使者，但深藏在心底的善良和對拉姆的愛，使其重新找回了本性，不惜以命相拚，殺了那幾個人，也算是幫了他的忙。

他的心中默默說道：那森，我們仍是好朋友，謝謝你告訴我當年發生在這裏的一些事。

他將那把插在那森胸口的刀子拔了出來，吃力地把那森拖到拉姆的身邊，他不能扔下他們兩人的屍身不管，要讓這對有情人升入天堂。

他從那匹汗血寶馬的馬背上取下一個袋子，從裏面拿出一小瓶汽油，將裏面的汽油澆到那森和拉姆的屍身上。這瓶汽油是他預防在某些環境中生火或照明用的，在野外考古那麼多年，除了一些工具之外，有很多東西是必須要帶的。

火苗迅速竄起。

他站在火堆前，心中默默地祝願著這對有情人攜手走入天堂。

小玉看著苗君儒做完這一切，轉身上了一匹馬，說道：「苗教授，我知道你是好人。其實我激發他的魔性，也是想保護大家，以魔克魔未嘗不是好辦法。你保重！」

苗君儒望著馬背上小玉的背影，這個女人的身上，也有著不同一般的謎。

他來到屍王的面前，正想著把屍王暫時放在一個安全的地方，再進去一趟山谷，看看裏面有什麼發現，卻見兩邊的樹叢中陸陸續續站起一些人來。

苗君儒有些驚異地望著那些站在草叢中的人，那些人身穿灰色的藏袍，露著一隻健壯的手臂，雖然體形各異，但一個個冷峻無比。每個人的手裏，都拿著一把泛著寒光的藏刀。

那些人慢慢從草叢中走出來，朝苗君儒圍了過來。

苗君儒看了一眼仍在火中涅槃的那森，原來那森早就知道，在這個山谷中，還有更厲害的高手。之前說的那幾句話，似乎在暗示著他。

一個那森已經難以應付，面對那麼多人，怎麼樣才能逃得出去呢？

苗君儒的左手握槍，右手拔出短刀，在這麼多人面前，他幾乎沒有逃出去的可能，必須儘量拖延時間，尋找一縱即逝的逃身機會。

他看著那些人，微笑道：「你們早就埋伏在這裏，我們進來這麼長的時間，你們都沒有露面。而當那個女人走了之後，你們才現身。這更加證實了我的猜測，你們和那些漢人果然有關係，當年飛天鷂正是得到你們的幫助，才成功從神殿拿出絕世之鑰，並逃離西藏。現在我想知道的是，你們為什麼要那麼做？」

沒有人回答他的話，離他最近的幾個神鷹使者已經作勢向前撲了過來。他連連勾動扳機，從槍口射出的子彈準確地擊中那幾個神鷹使者的心臟。

槍裏的子彈有限，就算一發子彈打死一個，在子彈打完之後怎麼辦？他腦中靈光一閃，想起了小玉臨走時說過的那句話，就在另幾個神鷹使者同時朝他撲過來時，他的身體往地上一滾，右手的小指快速將放在屍王口中的舍利子勾出。

他這麼做，已經將自己的性命，全都押在了屍王的身上。

幾道人影從他身體的上空掠過，只聽得一陣怪響，幾蓬血雨從空而降，幾具殘肢相繼落在他的身邊。

他飛身站起，只見身邊的屍王一手抓著一具斷骸，嘴邊鮮血淋漓，不時發出一兩聲狂嘯，那血紅的眼珠子更加駭人。

那些神鷹使者被屍王的樣子所嚇住，不敢再衝上前，但是他們也沒有退去，而是交替著移動身體，似乎在尋找攻擊的最佳時機。

一個身材矮小的神鷹使者，從藏袍內拿出一隻鷂鷹，凌空丟了出去。

「啪啪！」兩聲槍響，那隻剛飛出的鷂鷹猶如斷線的風箏一般掉落。苗君儒無法應對這麼多神鷹使者，但是用槍打鷂鷹，不讓神鷹使者求援，這點本事他還是有的。

興許是喝了人血的緣故，那屍王長得與苗君儒一般高大，身上的衣服被暴脹的肌肉撐開，如神樹上的許願布條一樣掛在身上。

巴仲活佛告訴過他，屍王的魔性被鮮血激發後，任何人都不認。所以他與屍王保持著一定的距離，以防不測。

那些神鷹使者看出了苗君儒的忌憚，有幾個神鷹使者試探性的將屍王從苗君儒的身邊引開，其他人則繞著圈子尋機下手攻擊。

苗君儒自然不會讓神鷹使者的陰謀得逞，可是就這麼周旋下去也不是辦法，他必須衝出一條血路。

與神鷹使者打交道這麼久，他已大致摸出了對方的行事風格，他們只會呆板地執行上頭下達的命令，對於命令之外的行動，是不敢有半點違抗的，否則只有死。這些神鷹使者守在這裏，目的就是不讓外人進入死亡谷。

為什麼方才他能夠成功地進去，而沒有人對他進行阻攔？原因很簡單，是因為有人要這些神鷹使者讓他進去。

那個下達命令的人，除了小玉之外，應該不會是別人。

能夠向神鷹使者下達命令的人，其本身應該是神鷹使者才對，可是他在奇泉那裏見過小玉的胸部，並沒有任何紋身。而且在離開的時候，還暗示他怎麼樣對付神鷹使者。那個女人，確實令人匪夷所思。

往谷外去的路已經被神鷹使者牢牢封住，就算借助屍王的力量，也沒有把握衝過去。倒是往谷內去的路，只有兩個神鷹使者堵著。出外考古這麼多年，每當遇到險境，苗君儒總是冷靜地分析當前的情勢，尋找最佳的脫身方式。

神鷹使者不讓外人進入山谷，或許連他們自己的人，也不允許進去。有時候，最危險的地方，也許是最安全的。

主意已定，他朝谷內的方向衝過去。

他一動，有兩個離他最近的神鷹使者也動了。他瞄準其中的一個勾動了扳機，可是一聲脆響，槍膛內傳出撞針的空擊。

電光火石之間，容不得他多想。他丟掉手裏的槍，將那顆舍利子含在口中，拔出腰間的短刀與那兩個神鷹使者肉搏。他並沒有與這兩個神鷹使者硬碰硬，而是施展所學到的靈活身法，巧妙地避開兩個神鷹使者的攻擊，把短刀刺入其中一個人的心臟。

還沒容他拔出短刀，另一個神鷹使者的藏刀已經挾風而至，距離他的脖子不到半尺。他的頭一低，感覺一陣涼風從頭皮上吹過。他的身體借勢往前一撲，雙手抓住這個神鷹使者握刀的手，用了一招日本柔道中的招數，借力將這神鷹使者甩了出去。

他並不知道，當他的手與神鷹使者的手接觸之後，奇異的事情馬上發生了。空中亮起一道藍色的光芒，如同閃電一般。他定睛看時，見那個被他甩了出去的神鷹使者，渾身冒起藍色的火光。那神鷹使者的身體在空中劃過，就像一顆放射著藍色光芒的流星，當流星消失後，只留下一些紛紛揚揚的灰塵。人雖然消失，可慘叫聲仍在山谷之間迴盪。

他不禁再一次想起巴仲活佛對他說過的話：舍利子是佛門聖物，可以降服一切邪魔。

想不到在這些神鷹使者面前，佛門聖物舍利子居然有這麼大的威力。當初那個活佛模樣的大魔頭，正是畏懼他手裏的舍利佛珠，才戀戀不捨地放了屍王。眼下他雖然只有一顆舍利子，可對付這些神鷹使者，應該足夠了。

他明白過來，舍利子只有碰到那些神鷹使者的邪惡力量，才會產生那樣的威力。可是，他原先含在口中的舍利子，不知道怎麼竟然化掉了，他用手指在口中扣了幾下，也沒摳得出來。

另外幾個神鷹使者畏懼地望著苗君儒，不敢再衝上前，但是他們也不退去，只遠遠地與他保持著一定的距離。

苗君儒從那個神鷹使者的屍身上拔出了那把短刀，戴上掛在脖子上的防風墨鏡，轉身上了那匹汗血寶馬，朝閃爍著紅色光芒的山谷內衝去……

仍是滿目刺眼的紅色，仍是那堆亂石，仍是滿地的零亂骸骨。

苗君儒牽著馬，在他為哈桑大頭人立的墳墓前站了一會兒，繼續往前走。如果神鷹使者刻意掩蓋的秘密不在哈桑大頭人的身上，就肯定在山谷內的某一個地方。他走得很慢，不放過每一個可疑的地方。

隨著腳步的前移，他的眉頭漸漸皺起，再往前，地上沒有了骸骨，光溜而平坦的地面上，找不到任何有人行走過的蹤跡。莫不是他的推斷有誤，死亡谷內的秘密其實就是哈桑大頭人的死因。

他往前走了一段路，看不到任何異常。他朝遠處的雪山看了一眼，就在打算往回走時，突然感覺視覺中的光線隨之一暗，如果一下子到了晚上，可視距離還不到兩米。山谷中湖風突起，轉眼間氣溫急速下降，還沒兩分鐘，空中已經飄起紛紛揚揚的鵝毛大雪來，大雪中夾雜著鴿卵大小的冰雹，打得汗血寶馬「嗚嗚」直叫。他從馬背上拿下帆布袋，拿出一件皮袍裹在身上來防寒。

雖說西藏的極地氣候有時很反常，可現在是五月初，正值高原的春天，受季節和日照時間的影響，這種反常的自然現象只會發生在夜晚，而在氣溫較高的山谷裏，是不可能出現的。

沒多一會兒，大雪和冰雹漸漸停了，山谷內的光線也開始明亮起來，但是風力卻越加強勁，吹得他左右搖擺，站都站不穩。

剎那間，他看到前面山谷拐彎處的岩壁上，平空裂開了一道大口子，放在地上的帆布包被風捲起，朝那道口子飛過去，瞬間就沒影了。那道口子就如同一個巨人張開的大嘴巴，貪婪地吞噬著世間的一切。

難怪這地方的地面那麼平坦，連一塊小石頭都看不到，原來都被那道大口子吸進去了。這麼多年來，那些在山谷中失蹤的客商和牲畜，都是被風捲進大口子去了。他記得剛才朝那邊看的時候，那處岩壁上下平滑如鏡，根本沒有什麼口子。那道大口子是怎麼出現的，為什麼會出現？還沒容他多想，他的身體已經被風凌空捲起，汗血寶馬發出一聲聲長嘶，拚命扯著他頂風往回奔跑。人、馬、韁繩，在空中被風拉成了一條直線。

約莫跑出了兩三百米，感覺颶風居然奇蹟般的消失了，身體撲落在地，被地上的石塊硌得生疼。汗血寶馬也停了下來，如釋重負般發出一聲歡鳴。

他從地上爬起，顧不得身上的累累傷痕，朝身後望去，只見離他五六米的地方，似乎有一道無形的玻璃牆，前後隔開了兩個世界。那邊風力強勁，捲起漫天沙塵，而這邊卻一絲風都沒有，也沒有任何聲音，一切都如死了一般的沉寂。

他苦笑了一下，有些欣慰地望著正在打響鼻的汗血寶馬。他走過去，用手撫摸著寶馬的前額，心裏非常感激丹增固班老頭人，寶馬就是寶馬，與普通的馬匹不同。若不是有這匹寶馬和手中的轠繩，他早已經像帆布包一樣，被風捲進了大口子，從此在這個世界上消失了。

汗血寶馬也通人性地在他身上撒嬌地蹭著，右前蹄歡快地刨了幾下。

就在苗君儒牽著轠繩往前走的那一刻，眼角的餘光瞥見剛才馬蹄刨過的地方似乎有光線一閃。

他俯下身，從土中挖出一塊閃著金光、圓圓扁扁的東西來。

這是一塊金幣，正面的圖案是一個穿著唐裝的女人，而背面圖案的上方是雪山，下面是一個騎著馬的古裝武士，邊上還刻了兩行文字，分別是漢人和藏文。金幣的鑄造工藝精湛，人物形象逼真。

他似乎明白過來，或許神鷹使者刻意隱瞞的秘密應該與這個東西有關。

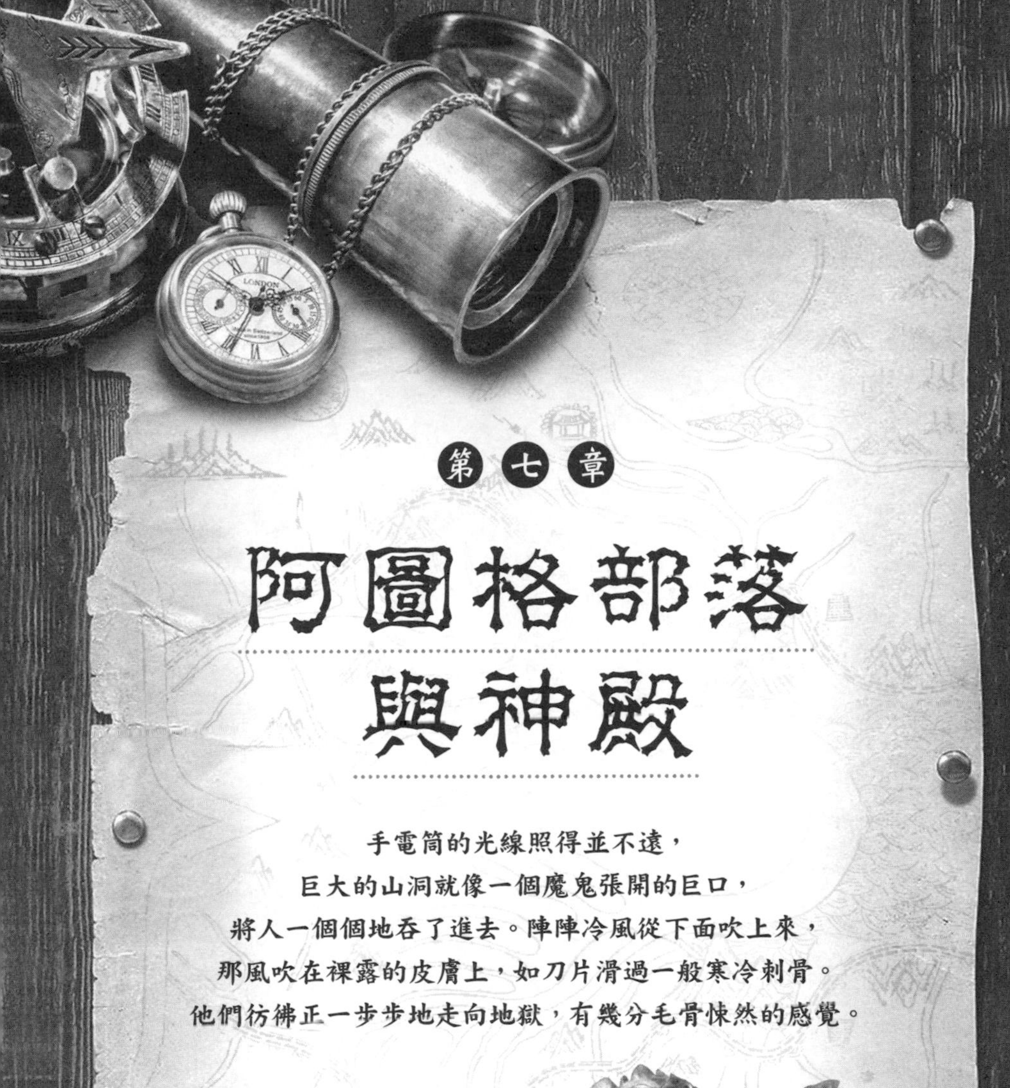

第七章

阿圖格部落與神殿

手電筒的光線照得並不遠，
巨大的山洞就像一個魔鬼張開的巨口，
將人一個個地吞了進去。陣陣冷風從下面吹上來，
那風吹在裸露的皮膚上，如刀片滑過一般寒冷刺骨。
他們彷彿正一步步地走向地獄，有幾分毛骨悚然的感覺。

苗君儒仔細看著手中的金幣，兩年前，他在重慶禮德齋古董店中見過與這相同的另一塊金幣，無須他這個考古學者多說，劉大古董就已經說出了金幣的歷史。而請他去的目的，只是進一步驗證一下金幣的真假。

據傳吐蕃國贊普松贊干布在娶了大唐皇室的文成公主後，為了表示對大唐皇帝的敬重，在唐高宗李治登基的時候，特地派相國祿東贊送去了一批金銀財寶的賀禮。

在這批賀禮中，有一箱金幣引起了唐朝宰相上官儀的注意。這箱金幣共有九九九塊，每一塊約重四兩，所用的是大唐帶去的鑄造工藝。金幣的正面圖案是文成公主，背面的圖案是象徵吐蕃國的雪山和駿馬勇士。

問題就出在金幣邊緣的那兩行字上。漢文的意思是大唐皇帝萬歲，而藏文的意思卻是吐蕃國王萬歲。照當時的情況，吐蕃國是向大唐稱臣的，即使是松贊干布，也不可能與大唐皇帝平起平坐地稱為萬歲。

機靈的祿東贊意識到這批金幣有可能影響大唐與吐蕃的關係，當即以黃金不純為理由，命十二個吐蕃勇士將這箱金幣運回邏些（今拉薩）。吐蕃勇士運送這箱金幣經過蘇毗東部（今昌都與江達一帶），遭到一夥神秘武士的襲擊，吐蕃勇士戰死，這箱金幣從此不知下落。松贊干布得到消息後，派出大隊兵馬在那一帶搜索，可那夥神秘武士竟如空氣般消失了，找不到任何痕跡。

有民間傳聞，這箱金幣中隱藏著一個天大的秘密，那就是其中的一塊金幣上暗藏著修煉千年不死之身的秘術。因為負責鑄造金幣的那個將軍，不知道通過什麼手段得知了這種秘術。將軍早有心思叛亂，為了得到大唐方面的外援，不惜將這種秘術拱手相讓。大唐皇帝李世民雖然是個文治武功的好皇帝，可到了晚年，亦如秦皇漢武一樣迷戀方術和尋求丹藥，以保自己長生不老。

那個將軍此舉，無異於雪中送炭，得到密奏的唐太宗，全然不顧親信大臣的苦苦勸阻和兩國之間的和平，一方面秘密與那將軍聯繫，聲稱得到秘術之後，立即封那將軍為藏王，並派十萬大軍協助那將軍打敗松贊干布。

唐朝宰相上官儀苦諫未果，為了穩定大唐與吐蕃的外交關係，才以那種藉口退回了那箱金幣。病榻上的唐太宗最終沒能得到那種秘術，幾天後龍駕歸天。

唐高宗繼位後，為了穩定與吐蕃的關係，敕封松贊干布為駙馬都尉、西海郡王，後又進封為賨王。並鐫其像於石，列於太宗昭陵。可是上官儀本人卻因此得罪了當朝某位也想長生不老的權勢人物，此事雖然為他日後的被殺埋下了隱患，但是從歷史的角度分析，他無疑間接地平息了一場吐蕃內亂。

大唐和吐蕃心有靈犀，並未將此事公開，也未有相關的官方記載，此事便成了民間的傳說。

但是，在唐太宗升天後，松贊干布在派使者到長安弔唁的同時，卻大開殺戒，接連殺了好幾個手握重兵的將軍，還貶謫了不少朝中的大臣，包括他最信任的桑布扎。受株連被殺的人達到上千人，他還想進一步查清這件事的幕後真相，可惜沒過多久他就因病而死，他這麼做的原因到底是什麼，成了歷史之謎。民間傳聞終究是民間傳聞，歷史的資料上找不到任何有關那個吐蕃將軍的故事，也不知道這個人究竟是誰。不過，有不少中西方的研究者認為，應該與那箱金幣中的秘密不無干係。

歷史的車輪就這樣滾過了一千多年，直到一九〇九年的一次巴黎拍賣會上，才出現了金幣的蹤跡。金幣一共有三枚，是法國士兵從圓明園中搶出來的。由於金幣的特殊性，使得金幣的拍賣價格一路扶搖直上，最後以很高的價格被一個東方人買走。

失蹤了一千多年的金幣怎麼會出現在清朝皇家的收藏園林中，這是個歷史之謎。但是從這以後，不斷有金幣出現。

可能是金幣上的文成公主雕像面含微笑，因而被收藏界命名為「微笑的公主」。在國內外的收藏界，只要一有「微笑的公主」出現，就立刻被神秘人物買走。

劉大古董是怎麼得到那枚金幣的，那是人家的秘密，當時苗君儒也不好問。不過，劉大古董現在與康禮夫他們仍在薩嘎，見了面一問就明白了。

如果那個要造反的將軍，就是逼堪布智者說出玉碑上秘密的那個人，那麼，就不難猜測出整件事的前因後果。神鷹使者統領，相當於大唐的羽林親軍大將軍，是皇帝最信任的人。如果那時松贊干布不死，查出了幕後真相，得知是最信賴的人出賣了自己，不知道他會作何感想。

死亡谷內的秘密，仍是一個不解的謎團。金幣為什麼會出現在那裏？當年哈桑大頭人帶人追到這裏，究竟還發生了什麼事情？或許在這塊金幣上，能夠找出一點什麼線索。

苗君儒將金幣收好，看了看捆在馬背上的那個包袱，這裏面裝著他義兄的骸骨，要是被風捲進了那個大口子，就太對不起義兄了。

他吃力地過了那堆亂石，策馬來到谷口。以為屍王與那些神鷹使者仍在僵持著，可是眼前除了地上的屍骸，居然看不到一個人，也不知他們去了哪裏。

他只得照原路返回，想著等下見到劉大古董之後，問明白有關金幣的事情。來到那個小三岔路口時，見前面跑來了一隊人馬，騎馬衝在最前面的，正是逼他來尋找寶石之門的康禮夫，緊跟著康禮夫的是林正雄，其後便是董團長和那些士兵了。

康禮夫一見到苗君儒，便喊道：「苗教授，快走，快走！」

苗君儒問道：「發生了什麼事？」

林正雄跑過來說道：「媽的，就在你走後不久，多吉聯合了那些小頭人，想奪走康先生手裏的絕世之鑰，他們把劉大古董也抓住了，還好我們見機跑得快，不然全都死在那裏！」

苗君儒問道：「你們這一路過來，有沒有見到那個女人？」

林正雄說道：「女人沒有見到，不過死人倒是有幾個，從那幾個死人的服飾上看，好像是頭人身邊的護衛。我們還以為是你殺的呢！」

苗君儒微微一驚，說道：「如果我沒有猜錯的話，有朋友在前面等我們！」

董團長急道：「還胡亂說些什麼？再不走就被他們追上了。」

後面塵土飛揚，馬蹄聲急促，一大隊背著槍的藏兵緊追上來。

董團長看了看道路兩邊的山勢，對身邊的幾個士兵說道：「給我兩顆手榴彈，你們護著苗君儒和康先生先走，我來阻擋後面的追兵。注意前面的情況！」

苗君儒跟著康禮夫他們一起往前走，幾分鐘後，聽到身後轉來一聲巨響，董團長也隨後追了上來。一行人馬不停蹄，繼續向前奔跑。

兩天後到仲巴，儘管人累馬乏，康禮夫也未停留。他叫董團長拿了一些銀子，向這裏的牧民買了馬匹和食品。大家換了馬，繼續往前趕。

隊伍緩慢地往前走著，苗君儒騎馬走在隊伍的最後面，才一個月的時間，座下這匹汗血寶馬瘦了不少，毛色髒亂無比，幾乎與普通的馬匹一樣，只有那雙烏黑的大眼睛，仍可看出一點原有的神駿。

十年前他走這條路的時候，峽谷兩邊那壯麗的雪山，還有雪山下淺藍色的海子，幽靜的森林和碧綠的草地，給人一種安靜逸遠的感覺。融化的雪水從山上狂瀉而下，形成一條條白練般的小瀑布，溪流中的流水聲在峽谷中轟隆隆地迴響著，像是在給旅途勞累的人們唱響一曲曲激情而高亢的藏族民歌，令人的精神瞬間振奮不少。

可是現在，深澗中幾乎沒有水，雪山也露出灰白色的岩石，吝嗇地收起了灑向人間的甘露，原本綠色的草地，也都變得枯黃。

眼前的景象簡直是人間地獄，沒有一絲生機，隨處可見牛羊的屍骸，盤旋在空中的禿鷹，無不時刻告訴人們，這裏是死亡的地獄。

每個人的臉色上都寫滿了疲憊與滄桑，也沒有人說話，各自縮著頭畏縮在馬背上低頭趕路。

經過四天四夜的奔波，當第五天黎明的曙光到來之時，遠遠地看到了那氣勢巍峨，高入雲端的灰色山巒。

那就是神山岡仁波齊。

當年苗君儒就是在神山西北方向的一個山谷中，被哈桑大頭人手下的藏兵抓住的。

岡仁波齊是大山脈岡底斯山的主峰，環繞一周七十二公里，峰形似金字塔，四壁非常對稱。由南面望去可見到它著名的標誌：由峰頂垂直而下的巨大冰槽與一橫向岩層構成的佛教萬字格（佛教中精神力量的標誌，意為佛法永存，代表著吉祥與護佑）。

岡仁波齊在藏語中意為「神靈之山」，在梵文中意為「濕婆的天堂」（濕婆為印度教主神），西藏的本土宗教——苯教便發源於此。從印度創世史詩《羅摩衍那》以及藏族史籍《岡底斯山海志》、《往世書》等著述中的記載推測，人們對於岡仁波齊神山的崇拜可上溯至西元前一千年左右。

神山的神秘之處，山的向陽面，不知緣何，終年積雪不化；而神山之背面，長年沒雪，即使被白雪覆蓋，太陽一出，隨即融化，與大自然常規剛好相反。高聳挺拔的神山既有氣勢雄峻之處，又有幽靜肅穆之所，被眾多的奇峰環抱，更有那奇妙的岩石、峽谷、灌木古柏、潔泉清流。岡仁波齊峰經常被白雲繚繞，很難目睹其真容，峰頂終年積雪，威凜萬峰之上，極具視覺和心靈的震撼力。

所有的人都疲憊不堪，康禮夫座下的馬匹發出一聲悲鳴，撲倒在地再也爬不起來了。所幸林正雄及時扶住他，才沒有被摔傷。

那些士兵也都下了馬，一個個四肢癱軟地躺在地上。

康禮夫舉著望遠鏡，朝神山那邊看了一會兒，由衷地歎道：「神山果然與眾不同，有一種很自然的逼人氣勢！」他回過頭對苗君儒說道：「苗教授，《十善經》玉碑上的玄機，你應該破解了吧，你認為寶石之門會在什麼地方？」

苗君儒說道：「當年桑布扎帶著絕世之鑰和五百個勇士，花了幾個月的時間，只帶回一顆血色鑽石。其實誰都不知道他到底有沒有找到寶石之門，所謂的《十善經》玉碑上的玄機，就算看出，也無人知道是真是假！」

康禮夫說道：「不可能是假的，你是考古學者，我相信你的判斷能力。如果你真的認為寶石之門不存在，就不會跟我跑這麼多的冤枉路了。所以，你也認為傳說是真的，對不對？」

苗君儒拿出那張從《十善經》玉碑上拓下的錦緞，說道：「作為一個考古學者，我只想解開一些歷史的真相。寶石之門究竟存不存在，誰都無法斷定。康先生，自古以來，有的民間傳聞確有可循之處，而有一些，則是人們臆想出來的，實際在歷史中，根本沒有這回事，就好像我們漢族傳說中的東海龍宮與靈霄寶殿，就算有人想找，又怎麼能夠找得到呢？」

康禮夫問道：「你說這些話是什麼意思？」

苗君儒說道：「千百年來，那麼多人都在尋找寶石之門，可都沒有人能夠找得到。我們來到西藏，遇到那麼多事情，死了那麼多人，你認為還有必要再繼續下去麼？」

「我認為很有必要！」康禮夫說道：「苗教授，你不是已經看出整件事背後有問題了麼？如果我們不繼續下去，怎麼能夠找到答案？又怎麼能夠對得起那些躲藏在暗處的朋友呢？」

他說完後，顧自朝天空哈哈地笑了幾聲，笑聲中充滿了自信與狂妄。

苗君儒望著康禮夫那得意的樣子，微微皺起了眉頭。他雖然認識康禮夫，也知對方是一個很有背景的人物，可對方究竟是一個什麼樣的人，他並不清楚。聯想到對方在快艇上說過那樣的話，他不禁想到：莫非康禮夫早就猜測到整件事背後的黑手是什麼人，卻不顧一切地要玩一場貓捉老鼠的遊戲？在這場遊戲中，誰是貓誰是老鼠？他們這些人的勝算把握到底有多大呢？

林正雄上前道：「苗教授，你不是說有人在前面等我們的麼？人呢？」

苗君儒指著前面說道：「那邊不是來了麼？」

前面的路上緩緩過來的一匹馬，正如他在贊普陵墓時看到的那些人一樣，馬上坐著的那個人用黑布蒙著面。

癱坐在地上的士兵全都警覺地站起，各自操著手中的武器。苗君儒朝士兵們擺了擺手，迎上前道：「大家都是熟人了，還用得著蒙面麼？」

那個人拉開臉上的黑布，卻是苗君儒在重慶見過的扎西貢布。

扎西貢布冷冷問道：「你怎麼猜到是我？」

苗君儒笑道：「我並沒猜到是你，我只不過肯定認識你們這些蒙面人。」

扎西貢布有些惱羞成怒地說道：「你們漢人果然狡猾！」

苗君儒笑道：「這不是狡猾，是智慧。你不是跟我們漢人學了那麼多嗎？怎麼沒有學到這個呢？」

扎西貢布雖然有些憤怒，卻又無奈地說道：「早就有人勸我防著你一點，沒想到我還是上了你的當！」

苗君儒笑道：「那個人是不是姓羅，他的名字叫羅強？」

扎西貢布沒有再說話，而是丟了一樣東西在地上，掉轉馬頭就走。

苗君儒走過去，從地上撿起那東西，卻是他送給格布的那顆血色鑽石。他心中暗驚，扎西貢布把這東西丟給他，莫不是告訴他，格布就在他們的手上？如此一來，他們用格布的性命來要脅他，目的究竟是什麼呢？

董團長走過來問道：「苗教授，我們怎麼辦？」

苗君儒略有所思低望著扎西貢布離去的方向，低聲說道：「還能怎麼樣？按康先生的意思，只有往前走！」

大家休息了好一陣子，又吃了些東西，人和馬的體力都恢復了不少。沒有人說話，各自上了馬，一個跟著一個繼續往前走。

這一次，林正雄走在隊伍最前面，他拿出了望遠鏡，不時朝左邊高山看著。道路峰迴路轉，眼前出現一條巨大的深壑。苗君儒認得這地方，當年他從這裏經過的時候，一條大瀑布從山上奔騰而下，落差達兩三百米，巨大的水流轟響聲在山谷間久久迴盪，震得人耳鳴，聲勢甚是駭人。瀑布的下面是一個深不見底的深潭，他聽嚮導說過，那深潭裏住著神山的僕人。

在深潭邊上，有一塊突兀的岩石，如同一顆從洞中探出的蛇頭，前端凌空在深潭之上。岩石上還有一個石台，那是供藏民祭祀的地方。

可是現在，瀑布上邊沒有一滴水流下來，深潭下面的水也降了下去，露出那條深壑來。林正雄就站在那石台的邊上，用望遠鏡朝高山上看了一會兒，轉身走下石台，和康禮夫低聲說著話。

過了一會兒，康禮夫朝大家喊道：「全都給我下馬，背上所有的東西！」除了裝有哈桑大頭人的包袱，苗君儒並沒有什麼東西可背，他下了馬，走到林正雄面前，說道：「我聽馬長風說過，他最後從神殿中搶走絕世之鑰，除了他自己手下的兄弟外，就沒有別人了，你又是怎麼知道從哪裏進去的呢？」

林正雄笑了一下：「馬長風既然把鑰匙都給了康先生，難道就不能說出神殿的所在麼？」

苗君儒微微一驚，說道：「你的意思是，從這裏上去可以到達神殿？」

林正雄指著深壑側面的岩壁，說道：「只要我們從那邊爬上去，走過一條山谷，應該就可以看到所謂的神殿了！康先生認為寶石之門極有可能就在神殿裏面。」他看了一眼那些留意他們說話的士兵，把聲音提高了些：「神殿裏有很多金佛，隨便拿一尊出來，就夠你們享受一輩子的了！」

不少士兵露出會心的笑容，低聲議論著神殿中到底有多少黃金可以拿走，他們這麼出生入死的，不就想後半生過上好日子麼？

苗君儒問道：「我聽飛天鷂說，他從神殿中逃出來後，失去了最後幾個兄弟。你認為我們這二十幾個人，既要對付兇悍的阿圖格部落的人，又要對付神殿的護殿勇士，有幾個人會有命出來？」

林正雄說道：「有沒有命出來，就看各人的造化了！」

他轉身走到馬匹旁邊，從馬背上取下行李背在身上，下了路面爬到那條深壑的邊上，在那裏，陡峭的岩壁幾乎是垂直上下，只有幾處可以稍微落腳的地方。樸實的藏民怎麼都想不到，無限崇拜的神殿居然就是從這樣的地方進去的。對西藏人而言，這麼高的岩壁，沒有幾個人能夠爬得上去。難怪千百年來，有關神殿的故事，成了一代又一代藏民們口中的傳說。

林正雄不虧是特種兵出身，徒手攀上陡峭的岩壁，像壁虎一般利索，幾百米高的岩壁，沒多一會兒就爬了上去，從上面垂下一根繩索來。

有一個士兵已經興奮地抓著繩索往上爬了，其他的人則仔細地檢查行裝，生怕留下了什麼東西。

誰都不知道，前面等待他們的是什麼樣的人生之路。

對普通人而言，就算借助繩索的幫助，要想攀上這兩三百米高的岩壁，也絕非易事。苗君儒學著康禮夫的樣子，將繩子在腰間纏了一圈，這樣爬上去既省力，也要安全多了。

在重慶的時候，苗君儒見過不少達官貴人，一個個無不大腹便便，或者油頭粉面，這些人由於缺少鍛煉，體質連普通人都不如，更別說跟當兵的相比了。可是眼前這個出身豪門權貴的康先生，外表雖文質彬彬，可體質卻與常人不同。從重慶出發到這裏，行程一個多月，一路上風餐露宿，並未有多少萎靡之色，行動起來的速度，也不遜於特種兵出身的林正雄。

由於體力不支的緣故，幾個士兵相繼從岩壁上慘叫著落入深壑。

好不容易爬上崖頂，每個人都臉色慘白，有種劫後餘生的感覺。

林正雄利索地收好繩子，將衝鋒槍抓在手裏，貓腰沿著原先流水的溪谷往上游走去。董團長朝士兵們招了招手，各自抓起武器緊跟了上去。

康禮夫對苗君儒說道：「如果我們找到了具有一千多年歷史的神殿，對你而言，何曾不是一個偉大的考古發現呢？」

苗君儒說道：「考古發現是建立在科學的基礎上的，你們這是偷盜！」

康禮夫笑道：「從十七世紀以來，那些英國人打著考古探險的名義，從世界的每個角落裏運走那麼多稀世珍品，藏在大英博物館裏，你說是考古還是偷盜？」

強盜也有強盜的邏輯，苗君儒不想在這種時候去爭論那種無謂的話題，他說道：「就算你能找到寶石之門，就憑我們剩下的人，又能夠運走多少呢？」

康禮夫笑道：「虧你還是考古學者，你身上那顆紅色的鑽石就足夠一家人逍遙一輩子的了，其實我沒想過要拿走多少財寶，只想證明傳說是不是真的。」他提著一支衝鋒槍，接著說道：「走吧！阿圖格部落的人可不是容易對付的！」

溪谷中乾枯的河床上亂石成堆，河床兩邊粗壯高大的樹木，早已落光了樹葉，只剩下光禿禿的樹幹。那纏在林木之間的枯藤，比人的手臂還要粗，這種高海拔雪山上的植物，生長極為緩慢，長到那麼粗，起碼到兩三百年，也許更久。

林正雄帶著兩個士兵走在最前面，其他人則與他們保持一定的距離，警覺地觀察著兩邊樹林中的動靜。

可是四周竟如死了一般的沉寂，除了大家走路時發出的細微聲響，聽不到任何來自樹林中的聲音，哪怕是一兩聲不知名的鳥鳴。

越是這樣，就越是令人害怕。也許那些阿圖格部落的人，就躲在樹林的某一個地方，期待著首領一聲令下，突然向他們發起攻擊。

沿著溪谷慢慢地往上走，每個人的心都提到嗓子眼，握著槍的手心也開始冒汗，但是他們的速度並不慢，借著石頭的掩護，快速移動著身體。

越往前走，就越緊張，一種無形的壓抑感，壓得大家喘不過氣來。有的士兵臉色鐵青地斜靠在石頭上，大口大口地喘著氣。這是典型的高原反應，如果不及時處理的話，會有生命危險。能夠熬到這麼高的海拔高度才有高原反應，其體質已經超過正常人了。

康禮夫走過去，給每個士兵吃了一顆白色的藥片，那些士兵很快恢復了正常，變得精神抖擻。他走到苗君儒身邊，問道：「苗教授，要不要也來一顆？」

苗君儒搖了搖頭，跟著士兵往前走。最前面的林正雄打了一個手勢，所有的人立刻伏下身子，緊張地看著四周。過了一會兒，林正雄招了招手，大家起了身，挨個向前走去。董團長不忘安排兩個士兵殿後，以防有什麼情況。

苗君儒跟著那些士兵走過去，他手裏提著一支二十響的盒子槍，在這種危機四伏的地方，時刻都要打起十二分精神警惕著。來到林正雄的身邊，見面前是一個不大的水潭，水潭也早已經乾涸，潭底的淤泥龜裂成一條條手掌的縫隙。水潭之上是光滑而陡峭的岩壁，原先有水從上面沖下來，才形成這個水潭。

在水潭的另一邊，橫七豎八地躺著十幾具人體的骸骨，有的身首異處，有的卻很整齊，保留著臨死前的形狀，其中兩具骸骨的下面還有兩具小骸骨。從這些骸骨所躺的形狀，不難看出當時的慘狀，那兩位偉大的母親，臨死前想極力保護自己的孩子，可惜到最後，大人小孩都命喪敵人的手下。

其中一具骸骨的頷下有一個指頭大小的洞眼，那是子彈穿出來的。董團長在水潭邊的樹幹上，用刀挖出了一顆子彈。

對於士兵們而言，這種七點九二毫米「漢陽造」毛瑟步槍的尖頭子彈，是最熟悉不過了。

西藏地區由於受傳統的影響，各個地區的頭人都有自己的軍隊，每個地方的藏兵的服飾與裝備都大不一樣，對於那些頭人而言，價格便宜而實惠的「漢陽造」毛瑟步槍，無疑是他們的最佳選擇，所以大多數藏兵配備的，都是這種射程較短，而威力相對較大的七點九二毫米「漢陽造」毛瑟步槍。

從骸骨的顏色看，這些人起碼死了一年以上。是什麼人殺了他們，那麼兇殘，居然連小孩都不放過。

神殿是僧侶念經誦佛的地方，是不允許女人在裏面居住的，這些死在水潭邊的女性，會是什麼人呢？

在這些骸骨的右側，隱約有一條小路往樹林中穿去。林正雄揮了一下手，帶著兩個士兵沿著小路往前走。董團長保護著康禮夫，小心地跟了上去。

這條林間小路彎彎曲曲地一直朝前伸展，或許是長久沒有人走的原因，有些路面被乾枯的雜草所覆蓋，但偶爾露出的墊腳石和道路兩旁那生長得很整齊的樹木，無不告訴人們，這是一條有人經常走過的路。

每走一段路，就會看到幾具甚至更多的骸骨，這些人無不頭朝水潭的方向，很顯然他們是在逃跑的過程中被人從後面射殺的。

往前走了一陣，視線豁然開朗起來。眼前是一塊背靠灰白色山峰，其他三面被樹林圍著的坡地，坡地上一棟棟結構簡單的低矮房子，大多都已經坍塌，斷壁殘垣之間雜草叢生。亂石邊那一根根橫七豎八的木頭，似乎在向人們述說著發生在這裏的慘劇。

在村子的中央，有一塊約兩百平米的平地，平地上有一個高約兩米的石台，石台的四周分別豎著四根大石柱，石柱上那古老的圖騰雕刻，分明是吐蕃王朝時期的標誌。石柱中間的石台，應該就是用來祭祀的。

苗君儒走到離他最近的一棟房屋前，望著一堵堵倒塌的土石牆壁和亂石中的雜草，還有房屋前那一堆的骸骨，有些驚呆地說道：「這是阿圖格部落的人所居住的村莊，怎麼會發生這樣的變故？」

康禮夫說道：「阿圖格部落不是保護神殿的嗎？村莊變成了這樣子，神殿會不會也……」

林正雄會意地朝村子的西北角那處山峰底下奔去，其他人也緊緊跟過去。苗君儒仍站在那屋前，彎腰從地上撿起一個銀製的手鐲，這種造型古樸圖案獨特的鐲子，他在一些資料上見過，至少有數百年的歷史。

在石台的右側，也有一個骸骨堆，苗君儒往村子的四周看了看，其他地方也有許多骨骸堆，粗略算了一下，被殺的足有上千人。

這是血淋淋的屠殺，苗君儒走到骨骸堆前，他完全可以想像得出當時的情形，在現代武器面前下，這個古老的種族部落毫無還手之力，悲號聲響徹了整個山谷。當彪悍的阿圖格部落勇士相繼倒在血泊中時，剩下的就是可憐的老人與婦孺了。鮮血灑遍了村子的每一個角落，死去的人，無論男女老少，屍體被兇手堆成一堆。其慘狀，與被日軍掃蕩過的村子沒有什麼兩樣。

倖存者呢？難道兇手殺光了村子裏所有的人？沒有一個倖存者嗎？

按常理推斷，熟悉周邊環境的阿圖格部落人，即使遭到突然的屠殺，在奮起反抗之後，不可能沒有倖存者。

倖存者究竟去了哪裏？

康禮夫在石崖下那邊叫道：「苗教授，你快過來看！」

苗君儒快步走了過去，原來村子和山崖還隔著一條寬逾四五十米的溝壑，他們所在的位置其實還在坡頂，從坡頂還有一條之字形的石板路直通坡底。

令他驚訝的是那些一個個雕刻在石壁上的佛像。那一尊尊的佛像，都是依山而鑿，有高有低，有大有小，形成一個個深淺大小不一的洞窟。與其他石窟中被發現的佛像不同的是，這裏的每一尊佛像都正襟危坐，莊嚴肅穆之極。

整條溝壑成南北走向，綿延約一公里，崖壁下面洞窟中的佛像座西朝東，粗略估算一下，洞窟中的佛像不下一千尊。如此巨大規模的佛雕群，乃當世罕見。

細觀這些佛像，其雕刻手法精細，造型古樸蒼勁，具有吐蕃王朝的風格特徵。最大的一尊佛像高約十米，氣勢恢弘，與雲岡石窟中那尊大佛像不相上下。

康禮夫微笑道：「苗教授，這麼偉大的考古發現，你可沒有白來呀！」

大家沿著那之字形的階梯往下走，沒一會兒就來到溝壑的底部，站在下面看著高大的佛像，更加讓人油生無窮敬仰。

每一個洞窟的內壁都光滑無比，並不似其他石窟中那樣，畫有精美絕倫的圖像。但是在佛像座的下部，卻刻有古梵文的佛經。

在那尊巨大佛像的面前，有一個一百平米大小的月亮形池子，池子裏面的水呈紅色，不停地冒著泡沫，水面上冒著蒸汽，好似一池翻滾的血漿。

高原雪山下遍佈著許多溫泉，但是這種血色的溫泉，全世界都極為罕見。與上面的村子相比，溝壑下面的地面平整潔淨，好像天天有人打掃一般，而整條溝壑中，見不到一具人體的骸骨。

苗君儒問道：「難道這裏就是神殿？」

林正雄朝最大的那尊佛像背後轉進去，苗君儒和康禮夫也跟了過去。見佛像的後面有一個黑乎乎的大山洞，有一排階梯斜著向山洞內部延伸。山洞兩側的洞壁上，還有不少與洞壁渾然一體的浮雕佛像。同外面的一樣，每一尊都那麼莊嚴肅穆，但面部表情卻顯得有些呆板和詭異。

林正雄從背包裏拿出一個手電筒，小心地順著台階走下去。

康禮夫朝苗君儒笑道：「你不是問神殿在哪裏嗎？下去就知道了！」

他說完，也從背包中拿出一個手電筒，緊跟著林正雄走下去。苗君儒猶豫了一下，跟在康禮夫的身後。董團長安排了幾個士兵守在外面，其他人則舉著火把相繼跟了下來。

火把的光線將幾個人身影在洞內拉得很長，隨著火把上火焰的跳動，身影映在洞壁上，折射出無數個飄忽不定的怪影來，就像一大群鬼魅跟在人的身邊，隨時要將人吞噬。

手電筒的光線照得並不遠，巨大的山洞就像一個魔鬼張開的巨口，將人一個個地吞了進去。陣陣冷風從下面吹上來，那風吹在裸露的皮膚上，如刀片滑過一般寒冷刺骨。他們彷彿正一步步地走向地獄，有幾分毛骨悚然的感覺。

終於走到了台階的盡頭，當大家的腳踏在平整的地面上時，那顆提到嗓子眼的心也逐漸放了下來。

苗君儒低頭看著腳下的地面，見是一塊塊石板相砌而成，石板與石板之間的縫隙非常嚴整，插不進一柄薄薄的刀片。

如果這下面就是神殿，那些僧侶去了哪裏？就算遭人屠殺，也應該有屍骸才對。從上面走下來時，苗君儒非常注意兩邊的洞壁和腳下的台階，居然沒有發現一點殘留的血跡。

在董團長的指揮下，士兵們分成三人一組，分別沿著洞壁朝兩個不同的方向走去，走動的腳步聲在這個巨大的空間裏迴盪著，顯得空曠而遙遠。整個石洞內顯得陰森恐怖，黑暗中漂浮著點點藍色的光芒，彷彿有千萬隻眼睛在看著他們，令人不寒而慄。

士兵們相繼點燃了斜插在洞壁上的鐵架子，那架子上有一個圓形的鐵盆，鐵盆中還殘留著未燒盡的酥油。

周圍漸漸亮堂起來，苗君儒也逐漸看清了眼前的景象，洞窟內有許多小洞窟，但是裏面沒有一尊佛像，更別說金佛了。他朝林正雄問道：「你不是說裏面有很多金佛嗎？」

康禮夫替林正雄回答道：「飛天鷂對我說，這個人洞的裏面有很多小洞，每個小洞就是一尊金佛，現在這個樣子，肯定被人拿走了！」

就在他的正前方，有一尊比外面那尊高大得多的佛像。佛像頸部以下的部位，與外面的佛像沒有什麼不同，但頭部卻是一顆巨大的鷹首。

據苗君儒所知，當年翁達贊普就帶軍隊找到一處神鷹使者的巢穴，而巢穴中供奉的，也是一尊鷹首佛身的巨大雕像。

他打量著這尊鷹首佛身的巨大雕像，眉頭漸漸收攏，沉默了片刻，他轉身對康禮夫說道：「如果確定這裏就是神殿，我看你們沒有必要再找了，寶石之門的入口絕對不是在這裏！」

康禮夫問道：「為什麼？」

苗君儒說道：「因為神鷹使者和我們一樣，也在尋找寶石之門，而且他們已經找了一千多年！」

康禮夫說道：「可是飛天鷂告訴我，兩年前，他確實是從這裏把絕世之鑰偷出去的！」

苗君儒說道：「如果飛天鷂沒有騙你。那麼，整件事中就有一個大陰謀！」

聽了他的話，康禮夫並未有一絲驚訝，而是說道：「當初飛天鷂把絕世之鑰給我的時候，我就已經懷疑這件事並不簡單！」

苗君儒說道：「既然這樣，那你還來西藏？」

康禮夫笑道：「難道你沒有聽說過獵鷹客嗎？那高高飛翔在天空中的神鷹，即使再兇猛，也會成為獵鷹客手下的玩物。我早就對你說過，我喜歡玩，更喜歡刺激的遊戲！」

苗君儒想起了一句話來，那是他在重慶雲頂寺的山後秘洞中看到的，如果蒙力巴就是神殿中的僧人，為什麼會逃離神殿，又為什麼會留下那句話呢？

他正色道：「再有本事的獵鷹客，也需要誘餌才能獵得到鷹，我說得沒錯吧？」

康禮夫笑道：「那當然，還要最好的誘餌，否則那些鷹怎麼會上當呢？」

苗君儒朝四周看了一下，說道：「你來這裏只想證實你所得到的消息，對不對？」

康禮夫微微點了點頭。

苗君儒看著那些正在四處搜索的士兵，說道：「就這麼一點人，你認為我們能夠活著離開西藏麼？」

康禮夫哈哈笑道：「你也太小看我了！你以為飛天鷂給了我一個古老鑰匙，就能騙我來西藏嗎？」

苗君儒說道：「你尋找寶石之門只是幌子，而是另有目的！」

康禮夫深深吸了一口氣，說道：「苗教授，你的任務是幫我尋找寶石之門，其他的事情和你沒有關係。放心，在我沒有死之前，我不會讓你死的！」

大洞內還有很多如房間一般大小的洞窟，裏面空空如也，什麼東西都沒有。

林正雄問道：「康先生，我們怎麼辦？」

康禮夫說道：「那就要問苗教授了，既然寶石之門不在這裏，最有可能會在什麼地方呢？」

苗君儒說道：「神山的周圍那麼大，我怎麼知道會在什麼地方？」

康禮夫說道：「別忘了你是考古學者，如果你都解不開《十善經》玉碑上的秘密，就沒有人能夠解開了。」

正說著，洞頂傳來一個沉重而又恐怖的聲音，彷彿一個久睡的巨人被人驚醒了一般，顯得憤怒至極。

從側面傳來幾聲槍響，幾個士兵驚慌失措地從一間洞窟中跑出來，逃在最後的那個士兵轉眼間被一團黑影包住，發出絕望的慘叫。

「快走！」林正雄保護著康禮夫，往台階上面逃去，其他人一邊朝身後開槍，一邊連滾帶爬地跑上去。

苗君儒已經跑上了幾級台階，可是跟在他身後的一個士兵卻被爭先恐後的其他人撞倒在地，順著台階滾了下去。他轉過身，義無反顧地跑下台階，當他扶起那士兵時，那團黑影已經衝到了他的面前。

隱約可見黑影中有一個巨大的骷髏頭，從骷髏頭的兩個眼眶中射出兩道寒光，直逼過來。就在那顆骷髏頭張開黑乎乎的巨口之時，苗君儒的身上出現一團金色的火焰，火焰中響起渾厚的佛號。

那骷髏頭發出一聲哀號，瞬間消失得無影無蹤。

那士兵似乎嚇壞了，爬起身朝苗君儒叫道：「火，火……」

苗君儒身上火焰漸漸暗淡下去，最後消失了，當他拖著那士兵走上台階時，聽到上面響起一陣激烈的槍聲。

第八章

隱藏的巨人

雲層中的閃電如銀蛇般跳舞，自空劈到水中，
轟隆隆的雷聲幾乎在人的頭頂炸響，
那氣勢著實令人心驚肉跳。
哈桑大頭人的臉色已經變了，喃喃道：
「天神真的發怒了，真的發怒了……」

苗君儒衝到洞口，見董團長帶著手下的士兵，正貼著洞壁朝外面射擊。在洞窟前面的溝底，躺了一具屍體。而董團長這邊，卻有兩個士兵中箭倒在了地上。

苗君儒看清那屍體旁的帽子，叫道：「別開槍！他們是阿圖格部落的人。」

他接著用藏語朝上面喊道：「阿圖格部落的勇士，別開槍，我們是朋友，是來幫你們報仇的！」

董團長命令手下停止射擊，上面的槍聲漸漸也停了，苗君儒高舉雙手走了出去，來到那具屍體的旁邊，見前面的山坡上，站著十幾個人，手裏拿著長矛和弓箭。那幾個人身上穿的衣服與普通藏民沒有什麼兩樣，但是戴在頭上的犛牛角與掛在胸前的動物骨頭，已經顯示出了他們那種與眾不同的原始與蠻荒。

苗君儒朝站在坡頂的一個精壯漢子施了一禮，慢慢走上去。只聽得弓弦聲響，一支羽箭破空而來，射入他腳邊的石縫中，箭尾兀自顫動不已。

好強勁的箭！若是在冷兵器時代，足可以一抵十，可現在不同了，面對槍膛裏射出的子彈，他們只有逃命的份。

他抬頭望去，見那些阿圖格部落人的臉上，充滿著憤怒與不屈。

他站在那裏，低聲用梵語念起了金剛經，還沒等他念兩分鐘，那個漢子厲聲問道：「你們到底是什麼人？」

苗君儒說道：「漢人！」

那個漢子說道：「我們沒有漢人朋友！」

苗君儒說道：「但是我們有共同的敵人！難道你們不想報仇嗎？」

那個漢子望著苗君儒，又朝下面的人看了幾眼，過了一會兒，才說道：「我只和你一個人談！」

苗君儒朝上面走去，很快消失在董團長他們那些人的視野中。大約過了十分鐘，他從上面走下來了，那些阿圖格部落的勇士也迅速離去。

康禮夫上前問道：「那個人對你說了什麼？」

苗君儒說道：「他告訴我兩年前發生的事，還告訴我們怎麼走出去！」

康禮夫問道：「兩年前這裏發生了什麼事情？」

苗君儒說道：「你應該知道的呀，你來這裏的目的，不就是想驗證飛天鷂對你說過的話麼？」

康禮夫接著問道：「那你說我們該怎麼離開？從我們來的地方回去嗎？」

苗君儒指著溝壑的北面說道：「沿著這條溝一直往前走，運氣好的話，看到一塊紅色的大岩石，就等於走出去了。」

康禮夫看著山谷四周那高入雲端的雪山，神殿所在的地方果然神秘無比，若是不知道路的人，根本沒有辦法進來。他對苗君儒說道：「念上一段梵文的金剛經，就能讓阿圖格部落的人信任你，這也太神奇了吧？」

苗君儒說道：「有的事情沒有辦法說清楚，憑的是感覺。阿圖格部落的人守護著神殿，這個古老部落的人，對梵文的佛經一定不陌生。我猜想他們對於會念誦佛經的人，也要友善得多，事實上，正如我猜想的那樣！」

康禮夫問道：「那你打算怎麼樣替他們報仇？」

苗君儒說道：「這是我和他之間的秘密，暫時還不方便說，不過，我相信用不了多久，一切都會明白的！」他看了一眼大家，接著說道：「我們還是儘快離開這裏為好，因為他還告訴我，自從兩年前發生的那件事之後，這裏已經被阿圖格部落的靈魂下了詛咒，如果有人想在這裏過夜的話，就看不到明天的太陽。」

康禮夫朝大家大聲道：「那還等什麼？」

一行人沿著溝壑往北走，剛走出那一排雕刻有佛像的洞窟，就覺得眼前有亮光一閃，走在最後的一個士兵尖叫起來。苗君儒回頭一看，見身後不知道怎麼起了一層黑色的濃霧，如同一道屏障一般，隔開了內外兩個世界。

那個士兵嚇得往前緊走幾步，自言自語道：「怎麼會這樣？」

後面沒有路，前面同樣沒有路，出現在苗君儒他們面前的，是一道很陡的陡坡，在陡坡的另一側，是一個石頭搭成的平台，在那平台上，有一大堆黑色的塵土。這個平台是屬於神殿的一部分，神殿中原有的僧侶死後都會被放在這個平台上，被火燒成灰燼，他們的靈魂也就升入天堂。

苗君儒走上石台，看著這些骨灰中散落一地的珊瑚石和瑪瑙佛珠。每個死去的僧侶在被送上這個石台的時候，都有隆重的儀式，僧侶生前用過的東西，也都隨著屍體焚毀。燒不了的，便留在了灰燼中。

他驚奇地發現，這堆骨灰中居然有幾條腳鐐。在西藏，只有犯事的奴隸才會被主人戴上腳鐐，而寺院中的僧人，怎麼也這樣呢？

苗君儒站在平台上，望著遠處波瀾起伏的山峰，他似乎穿越時空，看到了兩年前發生在這裏的事情。

董團長問道：「有沒有搞錯，不是說有路的嗎？」

苗君儒說道：「我並沒有對你們說前面有路，只說往北走。」

林正雄叫道：「苗教授，你還在看什麼？」

苗君儒回過神來，他見那些士兵已經各自小心地朝陡坡下走了下去，這上面就剩下他一個人了，他回頭朝身後的濃霧看了一眼，如果將這個洞窟公諸於世，定能震驚整個考古界。在這麼高海拔的地方建造如此大規模的雕像群，需要多少人力和物力？

時間不允許他多做停留，如果有可能的話，他打算等這件事過去後，帶一支考古隊來這裏，揭開神殿之謎。

下了陡坡，就是一個漏斗形的峽谷，峽谷兩邊都是高不可攀的山岩，赤裸的山岩沒有一棵像樣的樹木，在那被雲層遮住的地方，還能看清許多冰川與冰稜。

峽谷內沒有風，雖然太陽已經落山，可氣溫仍有些高，有點悶熱的感覺，踩著腳下那白色的沙石，走起路來都軟綿綿的。

沙地上不時看到零散的人類骸骨，也不知道是什麼人留下的。

在這種地方，可不能有絲毫的懈怠，否則稍不留神，命就沒了。有人點起了火把，有人打開了手電筒，儘管大家都很疲憊，可沒有人願意停下來。

董團長一邊走，一邊不停地叫道：「振作點，振作點！」

走了一段路，一個大腿受傷的士兵實在走不動了，他想坐在一個小沙堆上休息一會兒，剛坐下沒十秒鐘，就發出一聲慘呼，整個人像皮球一樣彈起來，隨即撲倒在沙地上，痛苦地扭曲起來。

董團長跑到那士兵的面前，見一條指頭粗細的蟲子從那士兵受傷的地方鑽進去，只剩下一小截還露在外面，他用手抓住那截蟲子，輕輕一扯，孰料竟從傷口斷了。那小半截蟲子落到沙地上後，很快鑽了進去。

那士兵痛苦地慘號著，不斷從口中噴出黑色的血水，整張臉也漸漸變得烏黑，沒多一會兒便停止了掙扎。從沙中陸續鑽出十幾條那種黑色的長蟲，撲向那具屍體。

董團長後退幾步，舉起手中的衝鋒槍，發瘋般的朝那些長蟲射出憤怒的子彈。長蟲的斷軀鑽進了沙土，但更多的長蟲卻從沙土中爭先恐後地爬出來。

其他士兵手中的槍也響了，可是長蟲越打越多，原本白淨的沙土上，全是一條條快速蠕動的長蟲。其他黑暗的地方，還不知道有多少長蟲從沙裏爬出來。

那個死去的士兵身體上爬滿了長蟲，就在大家的眼前，被吃得只剩下一副血淋淋的空骨架。

大家明白過來，原來沙地上的那些骸骨，是這麼來的。

「快走，快走！」林正雄護著康禮夫走在最前面，那些士兵在董團長的帶領下，邊開槍邊朝後退。

好不容易離開那段沙子地的峽谷，腳底踩上大塊大塊的鵝卵石，心底也踏實了許多。董團長的臉色鐵青，他從川康帶出來那麼多士兵，現在剩下還不到二十個人了。

大家的情緒都很低落，一個士兵喝光了水壺裏的最後一滴水，將水壺恨恨地拋掉。苗君儒舔了舔乾裂的嘴唇，發現別人比他好不到哪裏去。從爬上懸崖的那時開始，差不多一整天，他都沒有喝過一滴水了。

溫度越來越低，有人開始冷得發抖，有兩個士兵相扶著在路邊坐下，可當董團長過去叫他們起身時，發覺他們已經停止了呼吸。董團長一邊罵娘，一邊將士兵放在地上，朝那兩張僵硬的臉龐撒上一把塵土。

大家又渴又累，咬著牙拖著腿繼續往前走。也不知道走了多久，天邊亮起了一縷曙光，走在最前面的林正雄叫道：「苗教授，紅色的岩石！」

在他們前面左側的山上，有一塊巨大的紅色岩石，那岩石在陽光的映照下，分外醒目。

「是走出來了！」苗君儒欣慰地笑了笑，他朝身後一看，見身後都是莽莽大山，山頂上皚皚的白雪，使每一座山峰看上去像垂暮之年的白髮老人。山峰與山峰之間那一條條縱橫交錯的溝壑和峽谷，他竟然看不出自己是從哪裏出來的。

眼前的視野一下子空曠起來，前面的道路也顯得越來越遙遠。興許是有些熱，他掏出康禮夫給他的那塊金線絲綢拓片，擦了擦額頭的汗。就在他的手離開額頭的那一刻，似乎覺得有什麼不對。仔細一看，頓時愣住了。

儘管堪布智者給他灌頂時，已經知道了那三個謎題是什麼，可一對照這張拓片，仍然無法理解。原來他以前看玉碑和這塊拓片的時候，都是正面看的，雖然覺得字行句間有些異樣，可就是看不出什麼來。

眼下他將拓片拿反了，而且有兩處疊在一起，上面的字跡重合，字體的意思就與經文不同了。他忙將拓片從幾個方位重疊了一下，笑道：「原來玄機是在這裏！」

康禮夫吃驚地問道：「苗教授，你看出來了？」

苗君儒說道：「是，那三個謎題分別是善惡之間、佛法無邊和天神之怒，只要同時見到這三個謎題，就等於找到寶石之門的入口了！」

康禮夫問道：「那上面有沒有寫寶石之門具體在什麼地方？」

苗君儒搖了搖頭，就在他將拓片攤開的時候，臉色突然一變。

康禮夫急道：「又看到什麼了？」

苗君儒說道：「地圖！」

他將拓片的反面倒了過來，接著道：「你們看到沒有，這些字跡之間的距離和字跡有什麼不同？仔細看清楚了！」

其他人各自仔細看著，過了一會兒，林正雄說道：「不錯，是地圖，整張拓片倒過來，從反面看，就是西藏的地圖。」

苗君儒說道：「你們看清楚拓片上從一到十的數字沒有，每個數字與現實中的城鎮很吻合！」

董團長也叫道：「不錯，不錯，我也看出來了，可是圖中那一小片空白的地方，是哪裏呢？」

苗君儒說道：「就是寶石之門所在的地方！」他接著道：「這一所在的位置是拉薩，依次是尼木、江孜等，這第十的位置，就是神山南面的普蘭！」

康禮夫問道：「你說寶石之門就在普蘭？」

苗君儒指著拓片上那一小塊空白的地方說道：「不，如果我沒有猜錯的話，應該在這裏，是距離普蘭不遠的神山西側的兩個大湖泊！」

董團長驚道：「你說什麼？寶石之門在湖裏？」

苗君儒把拓片遞給康禮夫，說道：「我們還是儘快離開這裏，找到那兩個湖泊再說！」

康禮夫點了點頭，收起拓片，帶頭往前走。

峽谷內很悶熱，大家揮汗如雨，越往前走，越感覺到荒涼。乾裂的地面上沒有一根綠草，更別說其他的植物了。沒有牛羊，沒有人煙，沒有任何生機，彷彿到了無盡的荒漠，處處充滿著死亡的氣息。唯有那遠處的雪山，給人一點點心靈上的安慰。

「看，那是什麼？」一個士兵指著前面興奮地大叫起來。

董團長望著前面自言自語道：「該不會是傳說中的海市蜃樓吧？這種地方怎麼會有水呢？」

苗君儒朝前面一看，見遠處的雪山腳下，呈現出一大片像天空一樣令人心旌蕩漾的藍色來。那藍色與天空的蔚藍有些不同，在雪山與陽光的映照下，波光粼粼，亦幻亦真，看得人的心都醉了。

他說道：「難道董團長沒有聽說過，神山旁邊的聖湖和鬼湖嗎？」

當年他和他的考古探險隊，就是在兩個湖泊之間稍作停留之後，才往西北方向走到那個山谷中去的。

士兵們興奮地大叫起來，也不知道哪裏來的力氣，拚命向前跑去。近了，近了，他們看清了前面那兩個碧波蕩漾的大湖泊。正是充滿許多藏族民間傳說的聖湖瑪旁雍錯和鬼湖拉昂錯。

瑪旁雍錯得名於十一世紀在此湖畔進行的一場宗教大戰，它在藏語中意為

「不可戰勝的湖泊」。藏傳佛教噶舉派與苯教的爭鬥逐漸獲勝後，便把已經沿用了很多世紀的「瑪垂錯」改名為「瑪旁雍錯」，即「永遠不敗之碧玉湖」。

鬼湖拉昂錯緊緊的依靠在聖湖瑪旁雍錯的旁邊，兩湖相距並不遠，鬼湖的形狀如月牙，而聖湖則宛如太陽。兩個湖泊有水路相通，但水質完全不同：聖湖的水清冽甘爽，鬼湖的水苦澀難咽。

根據西藏的地理資料記載，其實聖湖鬼湖原本為一湖，由於氣候變化，湖泊退縮，水面下降，才由一條狹長的小山丘把它倆分開，但有一道河槽連接兩湖。當地百姓至今還說兩湖底是相通的，如有一天聖湖之水沿河槽流入鬼湖，且同時流入金色魚與藍色魚，則鬼湖的水也會變得像聖湖之水一般清甜了。

鬼湖中有兩個島嶼，這兩個島嶼中，其中一個叫拉覺托，是野鳥的棲息地；另一個叫托布色瑪。

宣揚佛法的僧侶們認為，聖湖和鬼湖分別代表光明和黑暗。但他們之間不是孤立的，而是通過一條湖底的河道相溝通。兩湖之間的相互流通是件吉祥之事，如果河道乾涸，兩湖之間中斷來往，會引起人間的災禍。

風光同樣美麗，湖水同樣是藍得純潔，與聖湖不同的是，鬼湖那邊一直少有人至。在藏族民間傳說中，鬼湖是羅刹王的主要聚集地，印度古代神話中誘拐美女斯達的九頭羅剎王就住在這裏。

清澈的湖水邊，行動著幾個孤單而緩慢的影子，那些虔誠的朝聖者，在朝拜聖湖的時候也不忘在鬼湖旁邊做更誠摯的禱告，因為他們有寬容的理解和豁達的慈悲，能夠得到羅剎王的諒解和護佑。

兩湖的湖水在風中輕輕起伏，這一陰一陽，一苦一甘，未嘗不是上天的造化？居住在神山上的天神，似乎在用這兩個截然不同的湖泊，向世人警示著什麼。

士兵們衝到聖湖中撲進水裏猛喝一通，接著抬起濕漉漉的頭，朝天空發出一陣歡呼，那種暢快淋漓，並非用語言所能描述的。

苗君儒喝了一些水之後，站在湖邊朝遠處看了看，在神山方向，灰白相間之間，隱約可見星星點點的金光，那是坐落在神山的各處寺院的琉璃屋頂折射出來的。據說神山上有一百多座寺院，可具體有多少，沒有人去數過。

神殿果真就在神山附近的某個山谷裏，只是出來容易進去難，要讓他再一次尋找神殿，恐怕還得從那處瀑布爬上去。剛才走過的路，怎麼樣也尋不到了。

眼前的景象不得不讓他感到莫名的悲哀，同上次相比，湖水不知道下降了多少米，那些石縫中原本棲息著魚蝦的巨大岩石，全都裸露出來，那種千瘡百孔而慘白的樣子，看得人心痛。

林正雄看著苗君儒一副很深沉的樣子，走過來問道：「苗教授，你是不是又想到了什麼？」

苗君儒顧自笑了笑說道：「從這裏往南走就是普蘭，我想把哈桑大頭人的骨骸送回去，也算了了一樁心願！」

林正雄說道：「你說寶石之門就在這湖裏，可是我們怎麼進去呢？還有那三個謎題，到底在哪裏？」

苗君儒看了一眼身後的康禮夫，見康禮夫望著湖面，一副略有所思的樣子，低聲對林正雄說道：「你可要保護好康先生呀！」

林正雄朝四周看了看，說道：「苗教授，你這是多慮了，康先生有時候喜歡一個人清靜，最恨別人打擾他，他現在說不定在考慮什麼問題呢！現在湖邊除了我們之外，其他人一個都沒有……」

兩人說著話，沿著湖邊往前走，林正雄指著前面叫道：「苗教授，那是什麼？」

苗君儒展目望去，見前面的幾堆亂石旁邊，躺著幾個人。這些堆在湖邊的亂石，是朝聖者用來祈禱的瑪尼堆，兩人走近了一些，見那幾個倒在地上的人，卻是穿著絳紅色僧袍，戴著黃色雞冠形僧帽的僧人。

在聖湖的另一邊，有幾間坐落在湖邊的寺院，這幾個黃教的僧人，想必就是附近寺院中的僧侶。

苗君儒急步跑過去，從地上扶起一個僧人，只見這僧人早已死去多時，胸口有兩個槍眼，僧袍已經被血跡浸透了。

其他幾個僧人的身上都有槍眼，有的在頭部，而有的在腹部。林正雄驚道：「不可能！」

苗君儒問道：「什麼不可能？」

林正雄說道：「從傷口的痕跡看，他們在近距離內遭到湯姆遜衝鋒槍這一類輕型速射槍支的槍殺。」

湯姆遜衝鋒槍是美式裝備，不要說藏兵，就連西康地區的國軍都裝備極少，董團長手下那些士兵的湯姆遜衝鋒槍，還是從其他部隊裏臨時調換過來的。

什麼人會對這些在湖邊祈禱的僧侶下毒手？還沒容苗君儒多想，就聽到遠處傳來的鼓聲和悠長的號角聲。

一大隊人馬出現在他們的視野中，如潮水般向前面湧過來，從人數上判斷，少說也有上千人。在另一個方向，一隊騎兵已經包抄了過去，切斷了他們的退路。在他們的身後，除了怪石嶙峋的湖岸外，就只有深不可測的湖水了。

苗君儒放下那僧侶，起身道：「糟糕，我們中了別人的圈套！」他望著那些越來越近的人潮，低聲道：「如果他們認為是我們殺了這些僧人，就算滿身是嘴都辯不清了！」

林正雄看著那些漸漸走過來的人，臉色也微微有些變了，問道：「什麼人要陷害我們？」

「自然是躲在背後的人！你去對董團長他們說，千萬不能輕舉妄動，一旦衝突起來就麻煩了。」苗君儒說完後，抱起一具僧人的屍首，往前迎了上去。

苗君儒走到一塊大石旁站定，對面的人也逐漸停了下來，與他相距二三十米遠，那些人有手拿步槍的藏兵，也有握著各種農用工具和藏刀的平民奴隸，他們雖然服飾和地位不同，但無一有著相同的憤怒和那雙噴著怒火的眼睛。

他看到騎馬走在人群中的一個中年人，那中年人頭戴白色高圓頂藏帽，胸前掛著幾串紅珊瑚佛珠，身上的五彩金絲錦緞藏袍半敞著，露出胸口古銅色堅實遒勁的肌肉，銅鈴般的眼珠充滿了自信與狂傲。那一身頭人的裝扮，加上被幾個侍衛模樣的壯漢圍著，已顯示出他不同一般的地位來。

緊跟著那頭人的，是兩輛用兩條白犛牛拉著的華麗牛車，每輛牛車旁各自站著四個藏族少女。

苗君儒放下僧人的屍身，彎腰朝前面施了一禮。一個管家模樣的人分開眾人走上前，大聲呵斥道：「你們這些漢人，為什麼要殺佛爺？」

崇信佛教的藏民大多習慣稱呼僧侶為佛爺，在西藏，殺僧人是十惡不赦的彌天大罪。

當年苗君儒在身後那邊的一個山谷中被抓住，就知道這一地區都是普蘭那邊頭人家的地盤，人群中的那個中年人，應該就是格布的哥哥，哈桑大頭人的大兒子，現在的普蘭大頭人了。他沒有答話，拿出那塊哈桑大頭人的玉牌遞過去。那管家接過玉牌一看，驚訝地望了他一眼，轉身跑回人群中。

沒多一會兒，那個中年人在幾個護衛的保護下走了過來，厲聲問道：「你是什麼人？這塊玉牌是從哪裏得來的？」

苗君儒坦然說道：「你是達傑，你難道不知道十年前，哈桑有一個漢族的結拜兄弟嗎？」

連日的奔波已使得苗君儒風塵僕僕，那張被高原紫外線曬得紫紅色的臉龐和那一身藏族平民的服飾，使他看上去同一個普通的藏民沒有什麼兩樣。達傑認真

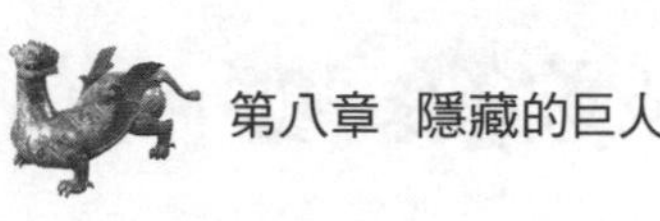

地看了他一眼，問道：「你就是那個和我爸啦結拜兄弟的漢人考古學教授？」

當年苗君儒只在朗欽藏布江邊的一個小村落中，與哈桑大頭人度過了三天的時間，並未去普蘭的頭人府邸中做客，所以不認識哈桑大頭人的大兒子達傑。

達傑的臉色有些緩和起來，說道：「我聽爸啦多次提到你，他說你救了轉世活佛，手裏有一串轉世活佛賜給你的佛門聖物！」

苗君儒微微一愣：「你說的是舍利佛珠？」

達傑說道：「如果你能夠拿出那串舍利佛珠，就證明你是我的阿庫！」

那串舍利佛珠已經遺失，苗君儒到哪裏再去拿一串呢？他問道：「如果我拿不出舍利佛珠，就證明不了我的身分，對不對？」

達傑往後面退去，說道：「如果你告訴我那塊玉牌是怎麼來的，我可以考慮留你一命！」

苗君儒說道：「在一個充滿死亡的山谷裏面，我把你爸啦的骸骨給帶出來了。達傑，你聽我說，我懷疑你爸啦是被自己人害死的！有人趁他不注意的時候，朝他的身後開槍。」

達傑說道：「但是我聽說，我爸啦在那個山谷裏追上了漢人，雙方打了起來，結果激怒了天神，給所有的人降下災難。」

在另一邊，康禮夫和董團長他們已經被數百個藏兵圍住，雙方劍拔弩張，戰火一觸即發。

「但還是有人活著離開了那裏！」苗君儒大聲說道：「我可以對天神發誓，我說的話都是真的，我聽說你後來派人進去尋找你爸啦的屍首，結果都沒有人能夠出來，而且從那以後，谷口被人豎了一塊牌子，再也沒有人敢進去，你不覺得很奇怪嗎？還有這些被人殺的僧侶，在我們來之前就已經死了。你想想，如果你是殺他們的人，你會笨到在這裏等人來報仇嗎？」

達傑的手一抬，那些藏民和藏兵停止了向前逼。他大聲道：「你說我爸啦是被自己人害死的，可是當年跟我爸啦一同去追你們漢人的勇士，全都是他最忠實的僕人，怎麼可能會那麼做？」

「你要的證據就在我的手上！」苗君儒從背上把那裝著骸骨的包袱提在手裏，說道：「這個世界上沒有什麼不可能的，就算是再親的人，也可能成為敵人，你不是也把你弟弟趕走了嗎？」

達傑的臉色一變，厲聲道：「我怎麼知道那裏面裝的是不是我爸啦？」

如果是一具還未腐爛的屍體，還能看出是誰來，可是對於只剩下骨頭的骸骨來說，又怎麼能知道是什麼人呢？

苗君儒說道：「我見過哈桑大頭人原來的管家孟德卡和他的兒子多仁旺傑，他們和你的弟弟格布在一起，但是在……」

他的話還沒有說完，就聽到一聲槍響，定睛看時，只見達傑的身體扭曲了幾下，隨即倒了下去。

那個管家被嚇呆了，驚愕地望向那一邊。人群中一個聲音叫起來：「漢人殺了達傑頭人，殺了他們替頭人報仇！」

還沒容苗君儒去尋找那個聲音，槍聲已經響起，子彈擦著他的脖子飛過，頓時感到一陣火辣辣的疼痛。他明白在這樣的情形下，根本沒有他解釋的機會。那些不明真相的藏民蜂擁著朝他撲了過來，正好幫了他的大忙。

他飛身迎向人群，左右隔開那些湧過來的人，朝第一輛華麗的牛車衝了過去。在距離那輛牛車兩三米遠的地方時，幾道寒光迎面襲到。

他的身體以一種極快的速度往後一退，避過那幾道寒光，隨即飛身而起，上了牛車，伸手扯開那白色的簾帳。就在這時，一支槍從裏面伸出來，頂在他的胸口。

他看清了裏面那人的樣子，驚道：「是你？」

董團長不愧經歷過戰火的洗禮，作戰經驗極為豐富的他，已經看出了眼前情況的特殊。儘管林正雄跑過來勸他們不要亂動，但他卻已經在那些騎兵截斷退路的時候，命令手下的士兵利用湖岸邊那些突兀的岩石做掩護，迅速構築了臨時陣地，以防不測。

第一聲槍響時，他掩護著康禮夫躲在一塊岩石後面，同時命令那些士兵不得胡亂開槍。他這麼做，既不願與那些藏民直接衝突，又能在迫不得已的情況下保證自身的安全。可惜他的想法很快被包抄他們後路的騎兵所擊碎，那些藏兵騎著高頭大馬，吶喊著如風一般的席捲而至。馬蹄到處，雪亮的藏刀當頭劈了下來。兩個守衛陣地最前沿的士兵還沒等到開槍的命令，無頭的身軀就已經扭曲著倒下。鮮紅的血從暴縮的脖腔中如噴泉般射出來，飛濺到湖水中。

其餘的士兵不等董團長下命令，紛紛扣下了扳機，子彈如雨般的潑過去。槍聲中，那些騎兵就像一片片被鐮刀撂倒的青稞，從馬上滾落在地，從體內噴射出來的鮮血順著地面的裂縫流入湖中。

數百名騎兵，一個接著一個，前面的倒下，後面的繼續衝過來。在另一邊，大批的藏兵和藏民，正潮水般的湧過來。

一個士兵打完了一梭子，扭頭問道：「團長，怎麼辦？」

「緊張什麼？鎮定，鎮定！」董團長微微張開嘴巴，他完全愣住了，那些藏人不要命的麼？他雖然多次與藏兵交過戰，可這種不要命的打法，他還是第一次見到。擺明了就是衝上來讓他們殺，等他們所有人把子彈全打光，就是他們身首異處之時。

康禮夫看了林正雄一眼，說道：「得想辦法衝出去！」

董團長說道：「密密麻麻的全都是人，怎麼衝？對付西藏的騎兵，就得守住陣地，絕對不能分散火力。」

「難道要等大家的子彈打光，全都死在這裏嗎？」康禮夫望著前面堆得如柴垜般的屍體，冷冷地說道：「你們倆都是從槍林彈雨中滾過來的，還用得著我教嗎？集中火力，強行殺出一條血路！」

集中火力殺出一條血路，未嘗不是最好的脫身辦法。董團長正要下令，突然感覺從背後吹來一陣刺骨的怪風，冷得他打了幾個寒戰。他轉身朝身後的湖泊一看，見原本清澈見底的湖水，不知什麼時候竟然變得混濁無比，湖面上的風越刮越猛，捲起湖水往岸邊撲上來。

天空中烏雲翻滾，瞬間風雲四起，天地隨之變色。

在馬車上，苗君儒望著坐在裏面的那個人，說道：「我以為坐在裏面的是一個女人，想不到居然是你，你不是已經死了麼？」

他怎麼都沒有想到，坐在馬車裏面的，居然就是他的結拜義兄哈桑大頭人。

哈桑大頭人收起槍，說道：「我差點就死了，是天神饒了我！」

苗君儒看到哈桑大頭人身後的地方有一大團用錦緞蓋住的東西，便問道：「那裏面是什麼？」

哈桑大頭人說道：「是你想像不到的東西，等下你也許能看到！」

苗君儒聽得湖邊的槍聲正緊，心知董團長他們已經與藏兵交上火了，急道：「那些僧人不是我們殺的，是一場誤會，還不快叫你的人停止往前衝？」

哈桑大頭人說道：「他們必須死！」

苗君儒問道：「為什麼？」

哈桑大頭人說道：「如果他們不死，你們漢人的軍隊不會進來，西藏永遠不會和平！」

苗君儒覺得自己有些聽蒙了，他說道：「你說什麼軍隊？我們就這麼幾個人，是來尋找寶石之門的！況且我們不一定能夠找得到寶石之門，你也沒有必要讓你手下的人白白去死！」

「沒有人能夠打開寶石之門，你也不例外！」哈桑大頭人笑道：「苗教授，你只是一個考古學著，並不懂得什麼是政治，自從幾年前英國政府派人到拉薩後，就註定會有一場劫難……」

正說著，湖面的冷風已經吹起，天地也隨之變色。哈桑大頭人望著遠處的湖面，啞聲說道：「天神要懲罰那些有罪的惡人了……」

槍聲不知道什麼時候已經停止，騎在馬上的藏兵滾落在地，與那些藏民一樣，一個個全都匍匐在地上，口中不住地禱告著。

苗君儒有些呆呆地望著湖面，見湖面上波濤洶湧澎湃，天空中的烏雲幾乎壓到了水面上，連湖水都變得墨黑。

雲層中的閃電如銀蛇般跳舞，自空劈到水中，轟隆隆的雷聲幾乎在人的頭頂炸響，那氣勢著實令人心驚肉跳。

哈桑大頭人的臉色已經變了，喃喃道：「天神真的發怒了，真的發怒了……」

聖湖這邊湖水翻騰，氣勢駭人，而鬼湖那邊卻似乎風平浪靜，但湖面上冒起一股黑氣，衝入雲層中。那股黑氣在空中迴旋著，扭曲著，漸漸地形成一個人形。

苗君儒望著那團黑氣，有些激動地說道：「隱藏的巨人！」

哈桑大頭人的聲音發顫，說道：「你說……說什麼？隱藏的……巨人？」

苗君儒說道：「剛才我們所看到的就是寶石之門的那三個謎題中的其中一個！」

哈桑大頭人問道：「你知道那三個謎題是什麼了？」

苗君儒說道：「是的，那三個謎題分別是：天神之怒、善惡之間和佛法無邊。天神之怒就不用我多說了，善惡之間就是指這兩個湖！」

哈桑大頭人問道：「那……那還有佛法無邊呢？」

苗君儒說道：「佛法無邊回頭是岸，我想寶石之門應該就在兩個湖泊的岸邊！」

哈桑大頭人有些哆嗦地說道：「千百年來……無數的人來尋找寶石之門……結果……結果卻被你那麼輕易找到，不可能的……不可能的……」

苗君儒說道：「也許是巧合，但是今天是藏曆四月初七，為釋迦牟尼佛誕辰日。哈桑大頭人，那幾個被殺的僧人為什麼到湖邊祈禱，跟今天的日子不無干係。你剛才說的那些話，讓我更加堅信，整件事是有人蓄意策劃的。如果我沒有猜錯的話，你是其中的一個，對吧？」

哈桑大頭人有些愣愣地看著苗君儒，驚訝得說不出話來。

第九章

苗君儒說道：「在西藏找一個具有佛緣的人，
是一件非常容易的事，你為什麼看上我？」
邪魔笑道：「沒有人比你這個漢人大活佛更合適。
如果你為我打開了寶石之門，
對他們而言，未嘗不是很好的諷刺？」

就在哈桑大頭人發愣的時候，苗君儒突然出手，制住了哈桑大頭人，就在這時，他突然發現，哈桑大頭人從膝蓋以下，都是空的。

他驚道：「你的腳呢？」

哈桑大頭人苦笑道：「兩年前就已經沒了，否則我還能活到現在？」

苗君儒問道：「死亡谷內那具掛著你貼身玉牌的屍體是誰？」

哈桑大頭人說道：「一個願意替我死的僕人！」

苗君儒說道：「你讓他穿上你的衣服，然後開槍殺了他！」

就在苗君儒與哈桑大頭人一問一答之時，鬼湖上空那團人形的黑氣已經散去，而聖湖這邊卻依然電閃雷鳴，狂風大作。湖面上空的烏雲越壓越低，幾乎貼著水面。一聲震天霹靂過後，那烏雲裂開了一道口子，白色的亮光自空穿過那道口子直入水中。

空氣中有一種奇怪的「滋滋」聲，苗君儒驚奇地發現，哈桑大頭人那披散著的頭髮一根根地豎起，其他人也一樣。

湖邊跪了數千人，不住地磕頭禱告，那場面頗為壯觀。董團長手下的幾個士兵，也禁不住膝蓋一軟，跪了下去。

董團長愣了片刻，走過去對康禮夫說道：「這樣的奇景，老子打了一輩子仗，還真他媽沒有見過！」

康禮夫早看見苗君儒和一個男人在那牛車上，似乎在爭論什麼，他對林正雄說道：「過去看看！」

湖面上的風漸漸小了，水浪也漸漸平緩，但是湖中央冒起很多大氣泡，如開鍋的沸水一般，激起一股股的水柱。

苗君儒看到從水下升起一個巨大的黑色物體，那物體呈長條形，有頭有尾，有角有爪，更神奇的是，在頭部的前端，有兩個大燈泡閃閃發光。

整個物體看上去，與傳說中的「龍」沒什麼兩樣，但苗君儒是見過龍的，那物體與龍極為相似，卻絕對不是龍。

那物體在湖面上盤旋了一陣，很快沒入雲層中，再也看不見了。

苗君儒從牛車上站起身，朝遠處看了看，心道：都這個時候了，主角怎麼還沒來呢？

他見康禮夫他們也來到了牛車前，於是說道：「康先生，隱藏的巨人和那三個機關都已經找到，果真就是這裏，可兩個湖有這麼大，也弄不清楚寶石之門的入口究竟在哪裏？」

康禮夫說道：「要不先叫人沿著湖岸找一圈看看，若是沒有，寶石之門的入

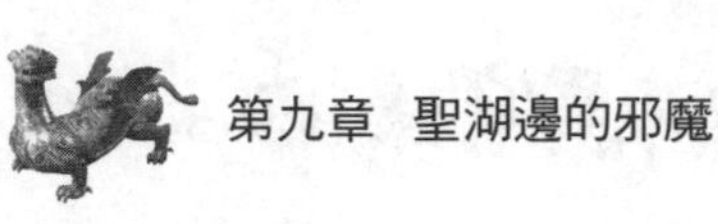

口可能就在湖底了！」

苗君儒問道：「就我們這十幾個人，怎麼找？」

康禮夫望著哈桑大頭人說道：「那些人不是他手下的人嗎？有他在我們手裏，還怕那些人不聽話？再說了，西藏那麼多達官貴族，大小頭人，誰不想進入寶石之門呢？他哈桑大頭人就不想？」

哈桑大頭人說道：「先生，你說對了，不是每個人都想的。寶石之門裏的東西，雖然珍貴無比，可換句話說，未嘗不是禍害？」

苗君儒笑道：「說得好！哈桑大頭人，也不枉當年我和你結拜兄弟！」

他對康禮夫叫道：「康先生，你這遊戲還繼續玩下去麼？」

康禮夫呵呵笑道：「其實我這麼辛苦入藏，只為看戲而來！」

苗君儒微微一驚，問道：「你說什麼，看戲？」

康禮夫從身上拿出那枚絕世之鑰，托在手裏說道：「自從我拿到鑰匙的那一刻起，就知道一場好戲要上演了！」

苗君儒由衷地說道：「千里迢迢跑到西藏來看一場戲，康先生好雅興呀！」

林正雄說道：「苗教授，那個你認識的人不是說在前面等我的嗎？他們去哪裏了？」

苗君儒說道：「該出現的，自然會出現！」他望著康禮夫，問道：「康先生，不知道你有什麼想法？」

康禮夫望著遠處的人，說道：「我能有什麼想法，我只是一個旁觀者。」他拍了拍林正雄的肩膀，將那把絕世之鑰丟在苗君儒的面前，說道：「苗教授，我現在把鑰匙給你，能不能打開寶石之門，就看你的了……」

苗君儒撿起鑰匙，隨手放在牛車上，說道：「康先生，為什麼要把鑰匙交給我？現在誰都想打開寶石之門，你這不明擺著害我嗎？」

康禮夫詭異地笑了一下：「你說呢？」

他轉向哈桑大頭人，說道：「哈桑大頭人，如果我死在西藏，對你們一點好處都沒有，對吧？」

哈桑大頭人說道：「那要看你怎麼死！」

苗君儒見兩人話不投機，於是說道：「我差點忘了，我們還有一些朋友呢！他們應該來了！」

哈桑大頭人看著左邊廟宇方向，說道：「那不是來了嗎？」

從聖湖左邊的廟宇方向來了一撥人，走在最前面的，是幾十個穿著灰色僧衣的僧人，中間有一乘大抬轎，在抬轎的後面，緊跟著十幾個騎在馬上的黑衣人。

雖然距離較遠，可苗君儒還是認出，躺在抬轎中的老活佛，正是他之前見過的那個邪魔。

天色逐漸放晴，湖面上的烏雲也漸漸散去，風也似乎小了許多，就在聖湖與鬼湖中間的岸堤上，出現了一塊高約兩丈的巨大石碑。

這石碑是什麼時候出現的，居然沒有人注意到。

康禮夫望著苗君儒說道：「寶石之門的入口，應該就在那石碑的下面。只要你用手中的那枚鑰匙，就可以……」

他的話還沒有說完，耳中就聽到一陣奇怪的聲音，那聲音既像是念佛，又不是念佛，就像一個人在耳邊念叨著，顯得十分的刺耳，令人有些心浮氣躁，氣血往上湧。他忍不住用手捂著耳朵，見身邊人一個個都和他一樣，面露痛苦之色。

哈桑大頭人似乎早有防備，拿出一大團棉花，對大家道：「是索命梵音，快塞住耳朵！」

苗君儒一聽是「索命梵音」，頓時大驚，他早些年就聽一位佛學大師說過，在印度的一些邪教裏，有種秘術就叫「索命梵音」。修煉此秘術的邪教僧人，修煉到一定階段之後，念動咒語，輕則控人心智，重則殺人於無形。

曾有印度佛學古籍中記載，西元七世紀，印度塔內薩爾王國普濕婆提王族第六代國王戒日王，多次征討高達王國無果，在得知高達王國的國王設賞迦死後，親自率領十萬大軍分為三路進攻高達王國。一支兩萬人的步兵在山谷中宿營時，聽到一種很奇怪的聲音，相互之間殘殺起來，當戒日王帶著大隊的人馬聞訊趕到，留給他的只是滿地的屍體和重傷哀嚎的士兵。

更奇怪的是，幾天後，當其前鋒部隊的三千騎兵經過另一個山谷時，也聽到一種很奇特的聲音，戰馬刨蹄狂嘶不已，馬上的士兵一個個捂著耳朵，痛苦異常。沒多一會兒，這些士兵撥轉馬頭，發瘋般衝入自己的軍營中大肆廝殺。雖然這三千騎兵最終被殲滅，但戒日王的部隊也元氣大傷。這種奇怪的現象一度引起了戒日王的驚恐，後來才知是中了卡斯羅邪教的「索命梵音」。

卡斯羅邪教誕生於西元前三百年的孔雀王朝時期，是由一個叫阿拉多的人創立的。阿拉多曾經是佛教僧人，因犯教規被逐出寺院，一氣之下就創立了卡斯羅教，卡斯羅教信仰人首蛇身的哇達真神，用童男童女之血修煉一些邪術。由於卡斯羅教的邪術確實有神奇之處，能在眾目睽睽之下白日飛升，因而在最風光的時期，擁有數萬名教眾，勢力遍佈印度的北部和東南部。

自古以來，正邪不能兩立，千百年來，在佛教與耆那教等幾大正教的打擊下，卡斯羅邪教勢力大為減弱，最後銷聲匿跡了。

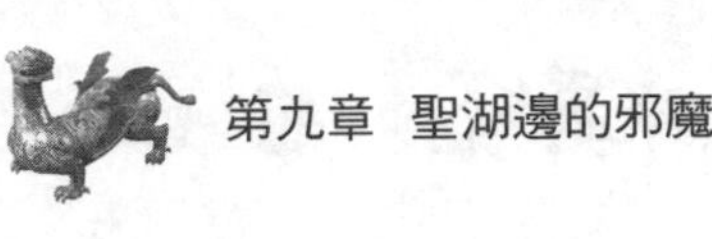

苗君儒雖然有舍利子的法力護體，對「索命梵音」的承受能力要比別人強許多，饒是如此，他仍感到頭疼不已，忙用棉花塞住耳朵。他見那些原先跪在湖邊的人，一個個捂著耳朵痛苦地在地上滾來滾去，而身邊的這幾個人，雖然耳朵裏塞了棉花，但也露出痛苦之色。

他從董團長手裏拿過槍，朝那些灰衣僧人射出了一梭子，奇怪的是，子彈射出後，居然消失得無影無蹤了。

他朝那些灰衣僧人衝過去，可沒等他跑出多遠，一道人影凌空而至，擋在他的面前。他定睛一看，認出是他之前見過的那個神殿護法，只是手上沒有了鐵杖。當下大聲道：「我沒有想到扎西貢布說的人就是你！」

護法冷笑道：「你沒想到的事情多著呢！」

苗君儒說道：「原來你會說藏語呀？其實我早就應該想到，在重慶的時候，你和扎西貢布說的並不是我聽不懂的藏語，而是印度語！你們這些神鷹使者都是卡斯羅教的教徒，除了會說藏語外，還會說印度語……」

他的話還沒有說完，就見有幾個身穿灰色僧袍的僧人朝牛車那邊衝過去。

此時康禮夫他們幾個人完全被「索命梵音」控制，痛苦不堪地掙扎著，不要說幾個人，就是一個小孩子，也能殺了他們。

絕世之鑰就放在牛車上，只要拿到手就能打開寶石之門。

蒙力巴帶著飛天鴿他們去神殿偷走絕世之鑰後，扎西貢布和所謂的神殿護法等人便開始追查鑰匙的下落，最終被他們找到了蒙力巴，所幸樹林中射出的那一槍非常及時，蒙力巴至死都沒有說出鑰匙的去向。

即便如此，扎西貢布已經從苗君儒的口中得知，鑰匙就在他們一行人的手中。從重慶到這裏，歷經一個多月，行程兩三千公里，扎西貢布完全有機會設下埋伏，從他們手中搶走鑰匙，可是扎西貢布並沒有那麼做，直到前一天才露面，好像算準了他們的行程，正好在那裏等他們。神鷹使者殺死了那幾個在湖邊祈禱的僧侶，目的就是要嫁禍給他們。

苗君儒忍著頭疼，雙掌運功平推而出，硬生生將護法逼退幾步。

護法的眼中閃現一抹驚疑，說道：「我太小看你了！」

苗君儒說道：「我也小看你們了！」

他說完後，正要抽身退回去，不料又有一道人影衝了過來，堵住了他的去路，這個披著深灰色僧衣的，不是扎西貢布還是誰呢？

扎西貢布說道：「苗教授，你果然沒有對我說謊，還真把絕世之鑰送來了！」

苗君儒說道：「我只答應把東西送回屬於它自己的地方，並沒有說會送給你們！」

扎西貢布說道：「當初我見到你的時候，就勸你不要捲進來，可是你這個漢人大活佛就是不聽。除非你皈依我們，否則就會死！」

苗君儒說道：「凡事沒有定論，你以為你們成功了嗎？」

在牛車那邊，幾個僧人已經逼近牛車，衝在最前面的那一個，已經伸手向康禮夫抓去。就在這時，從後面那輛牛車中射出一支紅色的羽箭，正中那僧人。

牛車的簾子打開，一個手持弓箭的女人威風凜凜地站在牛車上，正張弓搭箭射向第二個僧人。一連射出幾箭，每一箭都準確無誤地射中僧人的心臟，那些僧人中箭後發出野獸般的慘號，倒地後漸漸縮成一團，最後化為一灘黑水。

扎西貢布看到那情形，臉色頓時一變。苗君儒趁機大聲叫道：「那是紅魔之箭，上面附了佛法，專門用來對付你們這些邪惡之人的，你們不怕麼？」

「索命梵音」突然加劇，那些痛苦得在地上打滾的藏民和藏兵，不知怎麼從地上爬了起來，朝牛車圍過去。那些人一個個表情木然，步履僵硬，和殭屍沒有什麼兩樣。

「索命梵音」果然厲害，能夠把正常人變成這模樣。苗君儒如果不知道卡斯羅邪教的歷史，一定也會被眼前的景象嚇住。

照此情況，哈桑頭人的小老婆就是再有本事，也抵擋不住上千人的進攻。

苗君儒大聲喊道：「快點走！」

不料哈桑頭人的小老婆並沒有理他，而是放下弓箭，從車上拿起一個兩尺長的銅號，用力吹了起來。

莊嚴渾厚的號聲，如一支利箭般穿透「索命梵音」的包圍，遠遠地傳了出去。在神山北側的一個山谷中，同樣傳來了長號聲，聲音更加雄壯而莊嚴。

被這號聲一攪，「索命梵音」的威力大減。苗君儒的頭也沒那麼疼了，他朝那邊的山谷望去，見谷口出現了一隊人馬。走在最前面的，是四輛分別由兩條白色犛牛拉著的牛車，每輛牛車上站著四個體格健壯的僧人，每個僧人的面前，各有一管長達四五米的長號。

在號聲的號召下，另一種聲音緩緩出現，剛開始的時候，只覺得絲絲入耳，苗君儒對那聲音很熟悉，是佛咒《金剛經》。

沒兩分鐘，那聲音逐漸變大，與號聲相互呼應。

三種聲音相互交織在一起，時強時弱，時斷時續。號聲與佛咒《金剛經》就好比兩個共同攜手的人，與「索命梵音」展開著一場無形大戰。

那些向牛車圍過去的藏民和藏兵，全都倒在了地上，身體如蝦子一般的弓起，一上一下，顯得十分的怪異。

一聲震天霹靂過後，三種聲音全都消失了。牛車上吹號的僧人被一股無形的力量托起，在空中懸浮了片刻後，化為了一陣血雨。牛車頓時散了架，車上的長號也隨之斷為幾截。

趁著扎西貢布吃驚的時候，苗君儒飛起身子，凌空一掌劈向對方的脖子。扎西貢布醒悟過來時已經晚了，脖子上重重挨了一下，頓時癱軟在地。

苗君儒的身子還未落地，身後勁道襲來，他知道是那個護法出的手，身體在空中一扭，避開那股勁道，饒是如此，背部還是傳來一陣巨疼。

他落地後朝前面跑了出去，來到第一輛牛車前，見幾個穿灰衣的僧人朝他撲了過來。他往後退了幾步，從地上揀了一支紅魔之箭藏在袖中，並到牛車上拿起絕世之鑰，大聲道：「慢著，寶石之門就在那塊石碑的下面，要想打開寶石之門，就必須用我手裏的鑰匙，如果你們再上前一步，我就把鑰匙擰斷……」

那幾個灰衣僧人停住了腳步，面面相覷，不敢再朝前走了。

那個苗君儒見過的邪魔，在十幾個灰衣僧人簇擁下走了過來，牛車上的那女人朝邪魔射出一箭，卻被那護法輕飄飄地抓在手裏。眾人眼看著紅魔之箭在護法的手中化為粉末，透過指縫散落在沙地上。

紅魔之箭對付一般的灰衣僧人還行，但要對付像護法那種等級的神鷹使者，就沒什麼用了。但是那些人似乎有些忌憚，也不敢離牛車靠得太近。

苗君儒想起巴仲活佛對他說過的話，扭頭看了看用紅色篷布蓋得嚴嚴實實的牛車，莫非那裏面有令神鷹使者害怕的東西？

那邪魔站在距離牛車十幾米遠的地方，對苗君儒說道：「苗教授，難道你不想打開寶石之門嗎？」

苗君儒說道：「我只是不想白白的死在這裏！」

邪魔說道：「有我在，你不會死的，去吧，打開寶石之門，裏面的財寶都是你的，我只要一樣東西！」

苗君儒說道：「都一千多年了，你還不死心麼？」

邪魔哈哈大笑道：「我苦熬了一千多年，不就是等今天嗎？只要我打開了寶石之門，我就是世界之王。」

苗君儒說道：「寶石之門的三個玄機，千年開啟一次，上一次開啟時，因藏傳佛教的幾大分支在湖邊進行了一場大戰，所以你錯過了。」

邪魔笑道：「這一次我絕對不會再錯過！」

苗君儒說道：「當年你從堪布智者的口中得知寶石之門的所在，便借機殺了堪布智者，從此，除了你之外，沒有人知道寶石之門的具體位置了。你為了達到自己的目的，不惜以修煉千年不死之身的秘術，求大唐出兵相助。可惜你的陰謀被上官儀看破，使大唐和吐蕃免遭一場刀兵浩劫。你害怕事情敗落，命令手下的一隊神鷹使者扮成劫匪，劫走了那批金幣。松贊干布察覺此事，雖然殺了幾個大將軍，可是他並沒有想到，真正反叛他的，卻是他最信任的人。你在修煉千年不死之術的同時，暗中培植自己的勢力。松贊干布一死，你以年老為由回到家鄉，成為一家寺院的活佛……」

邪魔驚道：「你是怎麼知道的？」

苗君儒說道：「由於你還沒有修煉成秘術，所以開始的兩三百年間，你並沒有多大的動靜，當吐蕃王朝滅亡後，你所控制下的神鷹使者開始四處活動，為此引來王公貴族與小臧普勢力的注意，翁達臧普派兵剿滅你的一處巢穴，就是一個很好的例子。說到翁達臧普，我還可以告訴你，我見過他，只不過他已經變成了一具千年殭屍。那時候我還不明白，為什麼除魔衛道的幾大佛教正派不去滅了他，直到我遇到了一個人，才明白怎麼回事。原來卡斯羅邪教還有一種將死人變成殭屍的秘術，你痛恨翁達臧普滅了你的一個巢穴，所以在他死後，進入他的陵墓，將他變成一具殭屍。你修煉的千年不死之術，除了要靠處女的血外，還需要殭屍的屍氣。這就是為什麼你見到我身邊的屍王之後，想把他搶走的原因。可是你懼怕我身上的舍利佛珠，不得已才放棄。」

他看了看邪魔身後的那些灰衣僧人，接著說道：「神鷹使者的詭異與神秘，早就引起了佛教正派的注意。這麼多年來，幾大佛教正派開始聯手對付神鷹使者，並消滅你們製造出來的殭屍。你利用寺院活佛的身分，挑起各佛教門派之間的矛盾。你萬萬想不到的是，你的一舉一動，都被一個人看在眼裏。在他努力下，各佛教門派選在佛祖誕辰那一天，就在這鬼湖和聖湖邊上展開了一場大戰。為了制止你進入寶石之門，十幾位佛教高僧以自己畢生的法力，在那塊石碑上施下了大乘法印，以阻止邪魔歪道的進入，所以你沒辦法進去，得找一個具有佛緣的人……」

他繼續說道：「在西藏找一個具有佛緣的人，是一件非常容易的事，你為什麼看上我？」

邪魔認真看了苗君儒一眼，仰頭大笑道：「沒有人比你這個漢人大活佛更合適。如果你為我打開了寶石之門，對他們而言，未嘗不是很好的諷刺？」

苗君儒說道：「康先生逼我和他一起來找寶石之門，我就覺得很奇怪，這麼重要的東西，怎麼會輕易落到他的手裏？當我見到飛天鵅，聽他講了偷走絕世之鑰的經過，就更加懷疑這件事。之前我只不過是懷疑，直到康先生帶我們找到了神殿，看到了那裏的情形，我才肯定了自己的猜測。」

邪魔問道：「你肯定什麼？」

「肯定這些事都是你一手操控的。」苗君儒說道：「千百年來，西藏正邪之間的鬥爭從來沒有間斷過。你暗中培植勢力，以邪術控制了不少地方的頭人，將他們變成神鷹使者，可是你一直控制不了神山腳下的哈桑大頭人。其實憑你的實力，早已經查到神殿所在的具體位置，你沒有急於動手的原因，一則是在等待時機，二則怕過早暴露自己，引起佛教正派的注意。

「十年前，當你得知我從神鷹使者的手裏救了轉世靈童，並得到舍利佛珠時，就已經把目光盯上我了。只是那時，國際形勢並不是你所希望的那麼樂觀，直到『七七事變』之後，日寇大舉入侵，你才覺得時機已經成熟。一方面，你利用控制下的西藏貴族和頭人，向噶廈政府施壓，以圖西藏獨立，破壞噶廈政府與國民政府之間關係。另一方面，你挑起各部落頭人之間矛盾，借機擴展自己的勢力。兩年前，你眼看寶石之門的三個玄機即將出現，就開始了一系列的活動。首先，你命蒙力巴假裝成叛逃的神殿僧人下山尋找有背景的漢人，把絕世之鑰從神殿中『偷』出去……」

他把這個「偷」字咬得很重，繼續說道：「蒙力巴不負你所托，找到了一夥趕馬幫的漢人。果然如你所料，飛天鷂拿著蒙力巴畫好的地圖，在索班覺頭人的幫助下，把絕世之鑰『偷』了出去。你把漢人偷走絕世之鑰的消息派人告訴了哈桑大頭人，並趁哈桑大頭人帶人追趕飛天鷂時，命令已經成為神鷹使者的索班覺頭人，帶著大隊人馬進入那個山谷，殺死保護神殿的阿圖格部落的人和神殿中的僧人，洗劫裏面的財寶。哈桑大頭人在追殺漢人時，被你派出的神鷹使者誘入死亡谷，他發覺殺死的人並不是漢人，更找不到絕世之鑰，才知道上了當。身受重傷之際，覺得此事很奇怪，在他小老婆的建議下，找了一個衛士替他而死，才免遭你們的算計。」

牛車上的哈桑大頭人說道：「是索班覺頭人派人告訴我，說有漢人從神殿偷走了神物，我才帶人去追的。」

苗君儒說道：「可是你沒想到的是，索班覺頭人是神鷹使者。」

邪魔看了看身後湖泊邊的石碑，點頭道：「繼續說，我有的是時間等……」

苗君儒說道：「飛天鷂拿著鑰匙，帶著蒙力巴逃往重慶，在途中被自稱『獵鷹客』的人截住，蒙力巴怕死，說出了你的計畫，他害怕回去被你責罰，央求飛天鴿幫他藏起來，這就是他為什麼躲在雲頂寺中的原因……」

邪魔問道：「誰是獵鷹客？」

「獵鷹客是神鷹使者的剋星，你不是一直都在尋找他們嗎？」苗君儒說道：「其實我也不知道獵鷹客是什麼人，當我在那個秘洞裏看到蒙力巴留下的字跡，就確定蒙力巴一定見過。」他看著手裏的絕世之鑰，接著道：「其實飛天鴿的那些兄弟並沒有死，而是留在西藏。」

邪魔問道：「你怎麼知道？」

苗君儒說道：「當飛天鴿得知他老婆於三個月前去了西藏，還沒有消息時，便去找李老闆幫忙，他在李老闆那裏見到了扎西貢布，當他得知扎西貢布找過我時，便也來找我。可惜他礙於當時的情況，無法對我說出事情的真相，只用他的拳拳愛國之心暗示我，他是一個頂天立地的男人。他的言談舉止好像根本不把康先生放在眼裏，還對我說西藏這邊有他的朋友，並且告訴我，《十善經》玉碑已經現世，就足以說明他給自己留了一手，與西藏這邊也保持著一定的聯繫。他也知道他在重慶的一舉一動，都在康先生和李老闆的控制中，只得施計詐死，讓他的同夥用所謂的紅魔之箭射死他……」

邪魔問道：「你怎麼知道他詐死？」

苗君儒說道：「因為射死他的，和我在定日見過的紅魔之箭，都是假的。」他看了一眼站在牛車上的哈桑頭人的小老婆，從地上撿起一支紅魔之箭，說道：「你們看看，她射出的紅魔之箭，箭尖上根本沒有鐵箭頭。就像非洲的一些部落一樣，這種有毒的箭，往往不會安上鐵製的箭頭。射中馬長風的那支箭上，塗滿了使人假死的一種藥物。當我在定日，從旺桑羊頓老爺家的大少爺手裏救下小玉，而遭人圍困時，有幾個馬長風的兄弟躲在人群中，他們不失時機地射出了那支假紅魔之箭，震懾了那些僕人，才使得我受傷後安全脫身。可惜他們事後卻被同樣躲在人群中的神鷹使者所殺，所以我再一次經過定日的時候，看到那幾具漢人的屍體。」

他說話時，不時與邪魔對視。上次與邪魔對視害他憑空消失了一半的功力，這次居然半點反應都無，想必是他體內具有舍利子的法力，邪魔對他無可奈何。「我一直納悶飛天鷂為什麼把老婆託付給玉華軒的李老闆，確定他對我說了謊，我才明白過來。」他接著說道：「如果我沒有看到禮德齋古董店裏的小夥計身上的神鷹使者標誌，我也想不到李老闆也是你的人，他利用與飛天鷂的關係，控制住了小玉，飛天鷂知道真相之後，後悔自己的舉動，在『獵鷹客』的規勸下將計就計，聽從李老闆的安排，先出去避了兩年之久，回到重慶後把絕世之鑰送給康先生。你們為了把這場戲演得更加逼真，在飛天鷂把絕世之鑰送給康先生後，扎西貢布以阿圖格部落的身分，到處尋找絕世之鑰，以擴大此事的影響。」說到這裏，他發出一聲長歎，繼續說道：「飛天鷂也算是一條漢子，對妻子用情至深，那兩塊玉佩就足以證明了。可惜他萬萬沒有想到，作為一個女人，在失去對一個男人的依靠之後，會怎麼想？」

他看了一眼邪魔身後的那些灰衣僧人，大聲道：「是失望之後的背叛。三個月前，她收到一封飛天鷂寄來的信，叫她去找蒙力巴。她知道飛天鷂和蒙力巴有一個協議，就是飛天鷂保證蒙力巴不讓神鷹使者找到，至於蒙力巴給飛天鷂什麼承諾，她就不知道了。她找到蒙力巴之後，談了一個多小時，知道『獵鷹客』用什麼手段殺死神鷹使者，也知道了有關卡斯羅邪教的一些秘密。蒙力巴給了她一塊神鷹使者標誌的人皮，要她去普蘭找一個叫拉姆的女人……」

邪魔說道：「那個叫拉姆的女人，就是他見過的獵鷹客？」

苗君儒說道：「不錯！蒙力巴的意思，是想讓她告訴你們，一直和你們作對的獵鷹客是什麼人。在西藏，叫拉姆的女人實在太多，所以她根本找不到。但是，有人已經注意上了這個拿著神鷹使者標誌的女人。」

邪魔說道：「獵鷹客？」

苗君儒笑道：「你又猜對了！所以她被人抓住關了起來，當確定她不是神鷹使者之後，那些人將她放走。在定日，我見到了那幾具漢人的屍體，當時我覺得很奇怪，這些人為什麼會死在那裏。可是她告訴我，說她見過羅強，我就明白，原來飛天鷂還留了一手。可是我還是不明白羅強那幫人留在西藏的目的是什麼，而她在見到他們之後，為什麼還要逃？」

邪魔笑道：「原來你也有不知道真相的時候。你們漢人不是有句話，叫英雄難過美人關嗎？男人的很多事情，都是壞在女人的手裏。」

苗君儒說道：「並不是每個女人都會背叛自己的男人，哈桑大頭人如果沒有他的女人，早就像其他頭人一樣變成了你們的行屍走肉。」

邪魔瞪著一雙銅鈴大小的眼珠，大聲說道：「你這個漢人大活佛還知道什麼，一併說出來吧。」

苗君儒從身上拿出一塊金幣，問道：「你應該認得這東西，對吧？這是你當年送給唐太宗的九九九塊金幣中的一塊。」

邪魔問道：「你是從哪裏弄來的？」

苗君儒說道：「就是那個被你們神鷹使者守著的山谷裏，我當時以為哈桑大頭人就死在裏面。你能夠告訴我，你搶走那批金幣之後，用來做什麼？」

邪魔冷笑道：「我憑什麼要告訴你？」

「除了其中的一塊金幣外，其餘的金幣則是神鷹使者彼此之間的聯絡憑據，我猜得沒錯吧？」苗君儒說道：「這塊金幣，應該就是那個……」

他的話還沒有說完，就聽到一陣尖利的呼嘯，隨即聽到震耳欲聾的爆炸。他轉身望去，見聖湖東北方向的湖畔，不知怎麼出現了一隊上百人的人馬，在那隊人的前面，擺放著幾門火炮。剛才聽到的爆炸聲，正是火炮射出的炮彈。

他想起了和拉姆經過那段沙土地時看到的車轍，想必這上百人的隊伍，一直偷偷跟在他們的後面。

炮彈不斷飛來，湖岸邊血肉橫飛。那邪魔愣愣地看著遠處飛來的炮彈，似乎有點驚呆了。

幾個侍從模樣的人駕駛著兩輛牛車拚命地往南跑，炮彈追著牛車，相繼在牛車的兩邊炸開，情勢萬分緊急。董團長和林正雄則護著康禮夫，躲到湖邊的一塊大岩石後面。

牛車裏坐著哈桑大頭人和他的小老婆，還有巴仲活佛和堪布智者的肉身，無論哪輛牛車被炮火擊中，都是苗君儒不願意看到的。整件事情的經過，他只說出了一小半，還有更多的謎團需要解開。

眼下的情形容不得他多想，要保證哈桑大頭人和巴仲活佛的安全，就必須對付那幾門火炮。他搶過一匹馬，身體貼在馬背上，朝那邊衝去。

就在他逼近那隊人數百米的距離時，看清了那些人的樣子，雖然穿著普通人的服飾，但是手裏拿著的槍，除了幾挺歪把子機槍外，都是清一色的三八大蓋。那幾門火炮，則是日本九二式步兵炮，這種火炮的射程可達到兩千七百多米。

從快艇在長江上遭到日本飛機襲擊的那刻起，苗君儒就已經斷定，連日本人都捲入了。康先生離開重慶時的行蹤十分隱秘，日本人又是怎麼知道的呢？除非康先生身邊有日本間諜。

「噠噠……」幾串子彈朝苗君儒潑過來，射中他胯下馬，那馬悲鳴著撲倒。他就地滾了幾滾，滾到一個小沙坑內，避過了子彈的射擊。

炮聲還在繼續，他從沙坑內探出頭去，看到那兩輛牛車已經跑出了火炮的射程，這才放下心來。

他不禁想到：日本人的介入，哈桑大頭人和那邪魔也許不知道，可康禮夫也不知道麼？

他不禁開始懷疑自己先前的推測，也許事情並不像他所想的那麼簡單。好戲正演到精彩之處，在這千年難逢的時刻，幾個主角怎麼會缺場呢？

第十章

真相的背後

苗君儒似乎明白了什麼，世間有些問題，
原本就是沒有答案的，因為答案就在問題裏面。
好比他考古多年，為的就是還原歷史真相，
可是他豈能擔保，所謂的歷史真相，
有多少是正確的呢？

苗君儒伏在小沙坑內，子彈打得沙坑邊上的沙土「撲撲」作響，他根本不敢起身，若這樣下去，他遲早會成為日本人的活靶子。

他撿了幾顆石子在手裏，以他的功力用手指將石子彈出，在二十米的距離內完全可以傷人。他將頭緊貼著地面，收斂心神，仔細聽著那些日本人走路時發出的聲音。

果然，有三四個人朝他走過來了，從細微的腳步聲判斷，那些人離他大約三四十米。他只等對方走近二十米的距離內，突然從沙坑中衝起，以迅雷不及掩耳之勢彈出石子，只要控制住這幾個受傷的日本人，就能夠尋機脫身。

可是那幾個日本人走得很慢，也很小心，子彈仍不斷射在沙坑的邊沿。奇怪，在他身下的沙土中，還有一種很細微的「絲絲」聲。

他仔細聽了一下，不錯，聲音正是由他身下的沙土中發出來的，雖然非常細微，卻很有節奏感，不知道是什麼動物發出來的。

他想起了在神殿那邊的山谷中碰到的那些長蟲，頓時起了一層雞皮疙瘩，要是被那種長蟲鑽進體內，還不如死在日本人的槍下呢。

他打定主意正要起身奮力一搏，突然感覺身下一動，驚得他連忙從沙坑內彈起，身體在空中側翻之時，手上的石子電射而出。

與此同時，從沙坑內跳出一個黑衣人來，撲向那幾個持槍的日本人。槍聲中，那黑衣人的身上噴出幾股血柱，身體扭曲著倒下。

苗君儒在地上滾了幾滾，閃身到湖邊的一塊岩石後面。

湖邊的沙土裏怎麼會有人？這些人到底是什麼人，為什麼會躲藏在沙土裏？是誰安排的？

日本人似乎被激怒了，兩發炮彈相繼落在岩石的前面，激起的沙土落了苗君儒一身，子彈也不甘示弱，如雨般射在岩石上。

苗君儒縮在岩石後面，動都不敢動，他心知前兩發炮彈是調射，接下來要不了一分鐘，就有炮彈準確地落到他的頭上。在他的身後，是湖岸邊高高低低的岩石，左邊是平坦的沙地，幾乎沒有可葬身的地方，右邊是湖，距離他藏身的岩石約有二十米，就算他的身法再快，也沒有把握能夠躲過日本人的子彈潛入湖中。

就在萬分緊急的時刻，他聽到了一陣牛角號的嗚咽，淒厲的號聲在湖泊的上空迴盪著，緊接著傳來驚天動地的馬蹄聲和那高亢的吶喊。

一分鐘早已經過去，日本人的炮彈並沒有落下來，子彈也沒有繼續朝他射擊。他從岩石後探出頭，見從東邊的山谷中衝出無數藏族騎兵，那些日本人驚慌失措地調轉炮口，朝那些藏族騎兵射擊。

槍炮聲中，前面的騎兵倒下，後面的騎兵卻如潮水一般狂湧而上。他看到了那個騎在白馬上的老人，卻是他在昌都見過的丹增固班老頭人。

苗君儒早就想到，老人家連兒子都不要了，絕對不會袖手旁觀的。丹增固班胯下的那匹白馬，正是送給他之後卻又被他留在懸崖下的汗血寶馬。

這匹具有靈性的寶馬，雖然跟了新主人，又怎能不聽從老主人的召喚呢？在短短的時間內，彪悍的西藏騎兵上演了兩幕悲壯的衝鋒之旅，用生命證明了藏族的不屈與憤怒。

再看剛才被日軍轟炸過的那些地方，只見湖岸邊的沙土被血染成了暗紅色，遍地的殘屍斷骸，簡直慘不忍睹。

那些灰衣僧人退出了炮火的射程之外，聚攏在一處觀戰。鷸蚌相爭漁翁得利，似乎想在大戰之後做漁翁。

另一邊，那兩輛華麗的牛車停在山腳處，沒有離開人們的視線。哈桑大頭人的小老婆已經換乘了一匹馬，守在牛車旁觀察著周圍的動靜。

騎兵冒著猛烈的炮火衝入人群，雪亮的藏刀左砍右劈，鮮血四濺。

那些日本人進入西藏也不是一兩天，丹增固班老頭人應該早就察覺到了，為什麼不憑藉有力的地形對日本人進行襲擊，而要正面用血肉去拚呢？

從混亂的人群中跑出一個人，朝他藏身的地方跑過來，他定睛一看，居然是劉大古董。記得林正雄對他說過，在薩嘎的時候，多吉聯合那些小頭人想奪走康禮夫身上的絕世之鑰，並把劉大古董給抓住了。

劉大古董是怎麼跑出來的，又怎麼會和日本人在一起？

一個騎兵朝劉大古董衝過來，揮起了手裏的藏刀。說時遲那時快，苗君儒彈出了一粒石子。那騎兵發出一聲慘叫，頓時滾落馬下。劉大古董僕倒在地，連滾帶爬地來到苗君儒的面前，哆哆嗦嗦地說道：「苗……苗教授……」

苗君儒上前扶起劉大古董，卻見劉大古董手裏出現一支槍，就頂在他的胸前，得意地笑道：「苗教授，你沒想到吧？」

苗君儒冷笑道：「我早就想到了！記得我和康先生離開重慶的時候，我們的快艇很快遭到日本飛機的襲擊，我當時覺得很奇怪，我們的行動那麼突然和隱秘，為什麼日本人卻知道得那麼清楚，唯一的解釋就是有人洩密。兩年前，你以康先生的名義送一批軍火給索班覺頭人，卻在德格大頭人的地盤上把貨給調換了，換上了一些石頭，又叫人去向德格大頭人報信，弄得兩個頭人為這事打了兩年。你把命人那批軍火藏在了一個地方，當那些日軍以商隊保鏢的身分從印度那邊過來的時候，正好用上這批武器，我說得沒錯吧？在薩嘎，你暗示多吉強行將你扣下，就是要想聯繫上那些日軍，好把武器交給他們！」

劉大古董冷笑道：「苗教授，看來什麼都瞞不過你呀！」

苗君儒微笑道：「可是你幾乎瞞過了康先生，你在他身邊那麼久，他可把你當成了最可靠的人。告訴我，你到中國多少年了？」

劉大古董說道：「一九〇〇年，我跟隨我們大日本帝國的軍隊，從你們大清朝皇帝的宮殿裏搬走了很多值錢的東西，清朝滅亡後，我就在琉璃廠那裏開了一家古董店，專門為天皇陛下收購流落在民間的奇珍異寶。昭和六年，我投靠康先生，當了他店裏的掌櫃，算起來，也有十幾年了。」

苗君儒說道：「你能夠在康先生的手下混了十幾年，不容易呀！原來你為你們天皇陛下收羅奇珍異寶，難怪你看到絕世之鑰之後，想知道到底是什麼東西，還不惜叫人綁走了自己的兒子。」

劉大古董笑道：「那只是一個小把戲。」

苗君儒說道：「達瓦拿著血鑽石來找我的時候，我確實懷疑派他來的人是李老闆，可當確認李老闆是卡斯羅邪教的人後，我覺得他根本沒有必要多此一舉，因為他知道絕世之鑰的來歷，也不需要關心我和康先生何時去尋找寶石之門。

「我帶血鑽石去找你，你一口咬定李老闆有過一顆這麼大的紅色鑽石。可我去玉華軒的時候，那裏的王掌櫃卻失口否認，而當我出門時，恰好看到李老闆玩鷹回來。依古董界那條不成文的規矩，真正有極為珍貴的東西，都是自家收藏起來的，又怎會輕易拿出來炫耀？

「你不惜殺了替你跑腿的達瓦，在他的手裏放上幾根鷹毛，那麼做的目的，是想轉移我和康先生的注意力。可是你沒有想到的是，若真是李老闆殺的，完全沒有必要畫蛇添足，你這一招叫做聰明反被聰明誤。開始我只懷疑你是幕後黑手之一，真正懷疑你是日本人，卻是在定日泡溫泉的時候，當時你赤著腳，儘管你養成了所有中國人的習慣，外表看上去和中國人沒有區別，可你那雙扁平足和羅圈腿，卻毫無保留地出賣了你。聯想到我們的快艇被日本飛機襲擊，所以我肯定你是日本人，是隱藏在康先生身邊多年的日本間諜。從定日到薩嘎的一路上我都沒有揭穿你，是因為我看出康先生也已經懷疑你了。」

劉大古董問道：「那你為什麼還要救我？」

苗君儒微笑道：「因為我想知道，為什麼那些日本人會全副武裝地出現在這裏，是誰告訴你們的？」

劉大古董高深莫測地笑了一下，說道：「你不是會猜嗎？那你猜猜會是誰？」

苗君儒說道：「離開薩嘎時，我總覺得有什麼不對，索班覺頭人為什麼要自殺，現在我總算知道了。卡斯羅邪教的惡魔知道寶石之門在什麼地方，所欠缺的就是等待石碑的出現和一個可以進去的人。索班覺頭人為了替那森辯解，那一句『他也是迫不得已』，已經表明了他的身分。他雖然是神鷹使者，可他也有自己的想法，那就是他與外人有勾結。他接到卡斯羅邪教的命令，必須在佛祖誕辰之日帶人前往聖湖邊上，便把這個行動告訴了你。按他的意思，當幾方勢力拚鬥得精疲力竭之後，再收取漁翁之利。而我就在那個時候，指出他為什麼不攻下吉隆，用德格大頭人的家人換回他女兒的原因，他以為那些勾當都被我知道，他最後的那句話是『終於明白了』，因為他明白要想人不知，除非己莫為。你也知道，他身邊有別的神鷹使者。他背叛了卡斯羅邪教，又怎麼能躲得過邪教的懲罰，與其被折磨致死，還不如自我了斷。我猜得沒錯吧？」

劉大古董晃了晃手裏的槍，說道：「你果然聰明！」

苗君儒說道：「你用槍指著我做什麼？想我為你打開寶石之門？你看那邊，你們的人都已經死得差不多了，就算打開寶石之門，你又能帶走多少呢？」

劉大古董笑道：「苗教授，你可看仔細了！」

苗君儒仔細望去，只見那些騎兵圍著十幾個人團團轉，並不繼續進攻。他看清那十幾個人中有兩張熟悉的面孔，管家多吉用一把槍抵在索朗日札的額頭上。

劉大古董笑道：「怎麼樣，這種情形你……」他驚駭地看著苗君儒的身後，連話都說不出了。

苗君儒轉頭一看，見那護法不知怎麼出現在他的身後。劉大古董舉槍連連射擊，只見那護法單掌一推，一股巨大的力量將劉大古董托起，往湖中墜去。

機關算盡，反誤了卿卿性命。這句《紅樓夢》中對王熙鳳的判詞，送給劉大古董，一點都不為過。

那護法說道：「苗教授，為了這個機會，我們教主等了一千年，如果再錯過這個機會，不單是你們所有的人都得死，而且整個西藏都會血流成河。」

「你們那個所謂的教主，我姑且稱他為將軍，在他的眼裏，你們都是工具。他為了達到目的，可以不惜一切代價。」苗君儒說道：「如果打開了寶石之門，整個西藏才真正血流成河。」

「那我只好抓你過去！」那護法的身形一晃，雙手朝苗君儒抓到。

苗君儒往後一退，藏在袖中的紅魔之箭悄然滑出，他翻手抓著箭杆，挺身向前。當他的肩膀被護法抓中的時候，手中的紅魔之箭準確地刺入護法的心臟。護法發出一聲慘號，後退了幾步，驚駭地看著他，驚道：「你……怎麼……」

苗君儒說道：「神鷹使者雖然厲害，卻也不是殺不死，這個方法是一個女人告訴我的，她當著我的面殺了另一個神鷹使者。」

那護法用力拔出插在胸口的箭，仰頭發出野獸般的慘號，身體迅速萎縮，癱倒在地上很快變成一具乾屍。

「苗教授，你太令我失望了！」一個聲音在苗君儒的身後響起，他轉身一看，見是那個邪魔。兩秒鐘之前，他還看到邪魔站在離他幾百米的地方，這時卻突然出現在他的身後，而且悄無聲息。要是邪魔朝他下手的話，他毫無招架的餘地。他緩緩說道：「將軍，我可以這樣稱呼你麼？」

「名字只是一個代號，你怎麼叫都可以！」邪魔發出「桀桀」的怪笑，說道：「每個人都有弱點，你只要抓住了別人的弱點，就可以令他為你幹任何事情。」

苗君儒笑道：「很多人都是這麼做的！」

邪魔雙手合什道：「你還等什麼？」

苗君儒看了看周圍，說道：「我覺得還有幾個人沒有來。」

邪魔笑道：「等你走到石碑那裏，說不定他們就出現了！」

苗君儒和那邪魔並肩朝石碑那邊走去，他見這邪魔的腳根本不著地，身體完全在風中飄動，心中頓時暗驚：這邪魔除了練成千年不死之身外，還練成了古印度傳說中的白日飛升之術，其魔力已達到令人匪夷所思的境界，難怪千百年來，西藏的正教勢力都無法將其消滅。

邪魔笑道：「我知道你在想什麼，其實你要的答案就在那輛牛車裏。我和他鬥了一千多年。」

苗君儒微微一笑，這邪魔知道他心裏的想法，並不足為奇。在雲貴川一帶的很多地方，當有人走近一些部落長者的身邊時，部落長者便會洞悉來人心中所想的問題。他只是吃驚邪魔怎麼知道牛車中的是什麼人，於是說道：「原來你知道那輛牛車裏的人是誰，所以你不敢走得太近！他擁有千年佛法，而你擁有千年魔性，誰也奈何不了誰。」

邪魔沒有說話，只發出得意的怪笑。

苗君儒發覺自己居然有些身不由己地跟著這邪魔往前走，在經過康禮夫他們幾個人身邊時，見他們幾個人的目光有些癡呆起來，也呆呆地往前走。

那些灰衣僧人迅速衝了過來，各自低頭跟在他們的身後，一行人沿著湖邊朝石碑走去，全然不顧那些離他們並不遠的人。

苗君儒見那兩輛牛車朝他們駛了過來，但和他們保持著一定的距離。倒在地上的那些藏民和藏兵，除了被炸死的外，其餘的仍躺在那裏，也不知是死是活。

邪魔朝那兩輛牛車揮了一手，一股勁風挾起沙土鋪天蓋地而去，卻在距離牛車約五六米的地方被一堵無形的牆壁擋住。後面那輛牛車的帳幕自動掀開，苗君儒看到了雙手合什、低眉閉目的巴仲活佛，一動不動地端坐著。在巴仲活佛身邊，還有一個盤腿坐著的人，全身用紅褐色金絲線袈裟蓋著，看不到本來樣子。

苗君儒心裏明白，紅褐色金絲線袈裟裏面包著的人，應該就是為他灌頂的堪布智者。堪布智者與將軍之間那場持續一千多年的恩怨，也許就在今日化解了。

離那石碑越走越近，他的心越抽得緊，難道巴仲活佛就這麼眼睜睜地看著寶石之門被打開麼？既然知道邪魔會那麼做，為什麼不事先安排好對策呢？

眼看這一行人已經走上兩湖之間的岸堤，距離石碑還不到五十米。

這時，巴仲活佛睜開眼，站在牛車上大聲念道：唵嘛呢叭咪吽。這句六字大明咒是大慈大悲觀世音菩薩咒，源於梵文，象徵一切諸菩薩的慈悲與加持。其內涵異常豐富、奧妙無窮、至高無上，蘊藏了宇宙中的大能力、大智慧、大慈悲。

咒語念畢，一道金光自空而下，射在那石碑上，只見那石碑頓時通體變得金黃，放射出萬道金光。在石碑的周圍，出現了一圈閉目端坐的僧人。

跟在他們身後的那些灰衣僧人被金光照射後，不少人的身體內冒出一股股黑煙，在慘號聲中倒了下去，很快化為灰燼，但還有幾個灰衣僧人卻一點事都沒有，仍低著頭跟在他們的後面。

苗君儒的心中暗驚，他知道卡斯羅邪教能夠用秘術使死人復活並變成殭屍，翁達贊普就是一個很好的例子。殭屍被佛光照射會灰飛煙滅，可這幾個灰衣僧人卻不懼佛光，他們究竟是什麼人呢？

邪魔站在那裏，對苗君儒說道：「看到石碑上那個洞沒有，只要把鑰匙插進去，寶石之門自然就會開啟！」

一匹馬從遠處衝了過來，馬上的丹增固班老頭人大聲喊道：「苗教授，你答應過我，不會打開寶石之門的！」

邪魔的手一揮，丹增固班老頭人被一股無形的力量從馬上撞下來，那匹汗血寶馬「嗚嗚」地叫著，將頭一低，朝苗君儒跑過來。

邪魔將手一張，一股黑霧從他的掌心噴出，迎向汗血寶馬。那馬衝入黑霧之中，瞬間不見了。丹增固班老頭人從地上爬起，拔出了腰間的藏刀，大叫道：「我跟你們拚了！」

牛車上的哈桑大頭人喊道：「丹增固班老頭人，你鬥不過那邪魔的！」

丹增固班老頭人悲憤地喊道：「邪魔的勢力已經遍佈整個西藏，並挑起各家頭人之間的拚爭，如果讓他拿到了不死神書，世間將墜入無邊無際的黑暗。除魔衛道，我不入地獄，誰入地獄？」

他舉著藏刀往前面衝來，瞬間被那團黑霧吞沒。

苗君儒的眼眶發熱，為了西藏的和平，丹增固班老頭人用生命詮釋了什麼是頭人的職責。

只要毀掉鑰匙，就沒有人能夠打開寶石之門了。他握著那枚鑰匙，望了康禮夫一眼，手上正要用力，卻突然覺得渾身無力。要是那串舍利佛珠在身上的話，他完全可以擺脫這邪魔的束縛。

他身不由己地往前走去，離石碑越來越近。他看清這石碑的表面雖然非常平滑，可石頭的紋理很奇怪，就像他那台美國產的收音機裏面的電路圖，卻不知要複雜多少倍。

一個聲音在他耳邊清晰地響起：世間萬物皆無物，魔在心中……

他轉過頭，見巴仲活佛不知何時已經下了牛車，正緩步朝他走來。幾個壯漢抬著那個用紅褐色金絲線袈裟蓋著的堪布智者的真身，跟在巴仲活佛的身後，哈桑頭人的小老婆手持弓箭，警惕地留意著周圍。

一道人影從沙土中衝出，凌空撲向走在最前面的巴仲活佛。哈桑頭人的小老婆眼疾手快，一箭射出，準確地射中那人的胸口。

可是那人並不倒下，落地後拔出了胸口的箭，一折兩斷。

苗君儒驚道：「嘎嘎弱郎！」

他認出那個從沙土中鑽出來的人，正是在死亡谷口失蹤的屍王嘎嘎弱郎。原來那些神鷹使者趁他進去谷中時，將屍王引到了他們教主的身邊。這麼說來，那些躲在沙土中的，都是邪魔事先安排在這裏的神鷹使者。神鷹使者終究是活人，剛才從沙土中跳出來的那個黑衣人，在日本人的亂槍下，只要心臟被一發子彈射中，也會像普通人那樣倒下。

邪魔笑道：「苗教授，你猜對了！」

果然，湖邊的沙土中躍出一兩百名穿著黑衣的神鷹使者，訓練有素地圍住巴仲活佛他們幾個人。哈桑頭人的小老婆張弓搭箭，護住她身邊的幾個壯漢。饒是她連連發箭，也抵擋不住那些神鷹使者的攻勢。

那屍王的血紅眼珠盯著巴仲活佛，張開了獠牙俐齒，發出一聲大吼。兩道人影從哈桑大頭人的牛車上電射而出，擋在那屍王的前面。卻是苗君儒放過他們的那一對殭屍夫妻。

這下好了，一家三口在這種情形下團聚，也不知道有什麼後果。

那血殭雙手合什，轉身朝巴仲活佛施了一禮，接著對屍王嘰哩咕嚕地說了通，就像是父親在教育孩子。孰料那屍王狂吼一聲，突然又開雙手往前一伸，插進那血殭的腹中。血殭的雙手仍合在胸前，微笑地看著屍王。那女殭屍發出痛徹心扉的喊叫，緊緊抱住那屍王。

屍王搖晃著頭，不斷發出巨吼，突然張口朝女殭屍咬下。那女殭屍被咬住了脖子，也不掙扎，只發出「嚶嚶」的啼哭。

巴仲活佛從袈裟內拿出了一樣東西，正是轉世靈童送給苗君儒的舍利佛珠。巴仲活佛手托舍利佛珠，大聲高誦佛號，只見舍利佛珠泛出一道光暈，那光暈漸漸擴大。與此同時，那幾個壯漢抬著的堪布智者的真身，緩緩向空中升去。

一道刺目的亮光過後，半空中出現一尊丈二金身佛像，頓時間佛音縈繞，金光萬道。在金光的照射下，屍王發出一聲聲的慘號，身上冒起一團火焰，那血殭和女殭屍用身體護住屍王免遭金光照射，不斷朝半空低頭膜拜。

苗君儒也被眼前的景象驚呆了，但是他已經走近了石碑，看清了石碑正中的那個圓孔，他耳邊傳來邪魔的聲音：把鑰匙插進去，你就成功了……

他伸出手，那鑰匙就在他的手上，發出一種亦幻亦真的其妙色彩，整個世界都似乎朦朧起來，令他不由想起童年的許多事，彷佛置身於世外桃源般的地方，那小溪、那河流、那山那水，是多麼的熟悉與溫馨……

他驀地清醒過來，見自己那拿著鑰匙的手已經對準了石碑上的那個孔，石碑上的那些紋理如流水般的閃爍著，就像一顆顆鑽石光彩奪目。

不行，我不能打開的。他對自己說：我這是在做什麼？助紂為虐麼？

他突然轉過身，對那邪魔說道：「讓你再等一萬年吧！」

話一說完，他將手中的鑰匙朝鬼湖那邊遠遠地扔了出去。轉身的時候，他的手不經意地觸到石碑上，頓時感覺一股強大的電流從手指上傳過來。

他倒下去的時候，眼中望著那尊懸浮在空中的金身佛像，眼角露出一抹微笑，在最關鍵的時候，他戰勝了自己的心魔……

苗君儒醒了過來，發覺躺在顛簸中的牛車上，身邊坐著哈桑大頭人。

「你醒了？」哈桑大頭人微笑著說道：「苗教授，辛苦你了！」

苗君儒疲憊地問道：「他們呢？」

哈桑大頭人問道：「你問誰？是那三個漢人麼？他們也沒死！」

苗君儒有些虛弱地問：「告訴我，到底是怎麼回事？」

「該過去的都已經過去了！」哈桑大頭人說道：「你需要休息！」

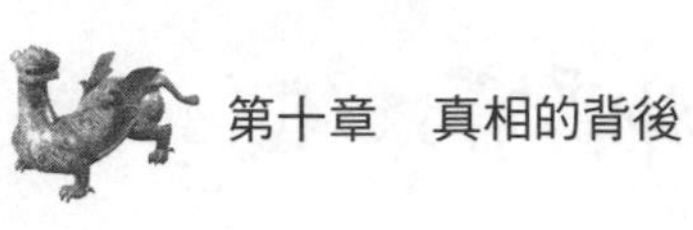

苗君儒笑了笑，問道：「你老婆是不是叫拉姆？」

哈桑大頭人笑道：「其實你早就猜到了！」

苗君儒說道：「其實我還想知道，你的管家孟德卡到底死在誰的手裏……」

哈桑大頭人拍了拍苗君儒的肩膀，說道：「我的好兄弟，有些事情你不需要知道得太多！」

他把牛車的帳幕掀開了一角。苗君儒看見牛車後面跟著十幾個騎馬的壯漢，他認得其中的一個，正是飛天鷂的把兄弟羅強。

苗君儒微微一笑，羅強終於露面了，那麼，飛天鷂和小玉呢？也不知道嘎嘎弱郎他們一家三口怎麼樣了，他們雖然是非人類，可沒有人類的那麼多心計……

其實他更想知道，有兩次他差點死在一些身分不明的漢人手裏，一次在死亡谷口，另一次是和索班覺頭人的女兒拉姆在一起。

他感覺很疲倦，閉上眼睛沉沉睡去。當他再一次醒來時，卻已經躺在了寬大的木床上，身上蓋著純羊毛金絲線毯子，兩個侍女站在床邊。

窗外下著大雨，他聽到藏民們在雨水中舞蹈時發出的歡呼聲。他想見一見羅強，可哈桑大頭人告訴他，在他還沒醒來的時候，那個漢人帶著手下的兄弟走了，臨走時拿走了你身上的一塊玉佩，並留下了一樣東西。

哈桑大頭人手中有一張深黃色的人皮，他伸手拿過那人皮，看清了人皮上面的標誌，驚道：「他沒說什麼嗎？」

哈桑大頭人搖了搖頭，說道：「他只說你想要的答案，就在這張人皮上！」

苗君儒仔細看著手中的人皮，從人皮邊角的形狀看，並不是他之前見過的那兩張。也許羅強告訴他，他們才是真正的獵鷹客。巴仲活佛告訴過他，那個叫小玉的女人是個不祥之人。他雖然猜不到羅強為什麼要花那麼大的代價尋找小玉，但是他肯定，飛天鷂和羅強之間，絕對發生過一場很大的變故。

他在哈桑大頭人修養了十五天，身體才徹底恢復過來。哈桑大頭人派大兒子達傑領著一隊騎兵護送他離開普蘭。

在經過聖湖時，他在湖邊站了很久，湖面上波光粼粼，藍盈盈的湖水倒映著雪山草原和藍天，分外令人陶醉。誰都想不到，在半個月前，就在這湖邊的沙地上，經歷了一場正邪兩道之間的殊死搏鬥。

達傑就站在苗君儒的身後，他身上的槍傷已經痊癒，從人群中射出的那一槍差點要了他的命。

苗君儒想起了那些支離破碎的屍體，有些傷感地說道：「其實沒有必要死那麼多人的！」

達傑說道：「我聽我爸拉說，一千年前的那一次，死的人比這次還多！」

苗君儒的神情有些黯然，怏怏地上了馬，朝東面走去。當來到那處瀑布時，見巨大的水流從上面轟然而下，飛濺的水珠在陽光下幻化成一道道的彩虹，端是美麗無比。誰能想到，在瀑布的上面，還留有一處世界考古奇觀呢？

聖河恢復了原先雄壯，奔騰而下的激流在山谷中發出震天的迴響。河岸邊那青綠色的草地上，一群群的牛羊，就像點綴在自然圖畫中的白色花朵。

在薩嘎的城門口，掛著兩個已經腐爛的人頭。薩嘎的新頭人熱情地接待了苗君儒，據這個新頭人說，其中的一顆是個漢人，不知道叫什麼名字；另一顆是貢嘎傑布大頭人的管家多吉，有人在死亡谷的谷口發現了他們的屍體。此前有藏民見到他們帶著一隊金髮碧眼的外國人往那邊去，那些都是德國來的科學考察隊，是經過噶廈政府批准的。

苗君儒笑了笑，沒有說話，他知道那些借考察之名來到西藏的德國人，實際上在尋找傳說中的沙姆巴拉洞穴。

德國人尋找沙姆巴拉洞穴之舉，與西藏正邪之間的那場鬥爭有什麼關係？

沙姆巴拉洞穴究竟在哪裏？是在聖湖和鬼湖之間，還是死亡谷中那個神奇的吸風洞？沒有人知道答案。

經過定日的時候，苗君儒特地去了一趟普德寺，只見原本金碧輝煌的寺院建築，全變成了殘垣斷壁。據當地人說，半個月前，從天上掉下一個大火團，將寺院燒個精光，裏面的僧侶一個都沒逃出來。

遭此劫難的還有千里之外的度盧寺，大火燒盡之後，那塊《十善經》玉碑也失蹤了。

從普蘭到重慶，苗君儒走了一個多月，期間他聽說在高原上流竄著一股土匪，為首的是一個非常兇悍的漢族女人。他猜測那個女人也許就是小玉，可惜他未能再見上一面，否則的話，他倒想問清楚，馬長風究竟是死了還是活著？

當苗君儒還在西藏的時候，就有消息傳出，民國政府在川康省陳兵二十萬與藏軍對峙，究竟是什麼原因，外人並不知道。

與此同時，在美國首都華盛頓，中國、美國、英國、加拿大、澳大利亞的首腦人物，正在舉行過一場重要會議——太平洋會議。

太平洋會議的主題是研究同盟國各成員國在對德、日法西斯交戰中的戰略使命。可是，會上出現了一個插曲——

英方代表邱吉爾突然對時任中華民國外交部長的中方代表宋先生說：「聽說

中國正在向西藏大舉增派部隊，準備進攻西藏，那個國家現在很恐慌。」

宋先生當即回應：「西藏可不是什麼獨立的國家，中國和英國間所簽訂的全部條約中，都承認中國對西藏擁有主權。」

當天，宋先生即將此事電告重慶的蔣總裁：「丘相謂，近聞中國有集中隊伍進攻西藏之說，致該獨立國家大為恐慌，希望中國政府保證不致有不幸事件發生……文答並未有此項消息，且西藏並非所謂獨立國家，中英間歷次所訂條約，皆承認西藏為中國主權所有。」

蔣總裁廿二日回電：「邱吉爾稱西藏為獨立國家，將我領土與主權，完全抹煞，侮辱實甚。西藏為中國領土，藏事為中國內政，今丘相如此出言，無異干涉中國內政。中國對此不能視為普通常事，必堅決反對。」

回到重慶的苗君儒，去了一趟磁器口古玩街，見禮德齋古董店裏坐著另一個年逾花甲的老掌櫃，他問那掌櫃：「請問你們老闆康先生回來沒有？」

老掌櫃回答道：「現在我們這裏的老闆姓趙，您說的康先生是原來的老闆，聽說他帶人去了西藏之後，就一直沒有回來！」

苗君儒微微一驚：「那你們老闆呢？」

老掌櫃回答道：「不知道！」

苗君儒離開了禮德齋，去了附近的玉華軒，他得到的答案是，這裏也換了老闆，新老闆姓魯，是他原來認識的一個古董商。

他知道卡斯羅邪教並沒有被消滅，神鷹使者還如以前那樣，隱秘而詭異地活動在西藏那塊充滿神秘的高原上。其實神鷹使者並不可怕，可怕的是每個人心中的心魔。

這件事在他心中糾纏了一年多，他一直都沒有打聽到康禮夫、林正雄和董團長他們三個人的消息。那三個人似乎憑空在這個世界上消失了。

但是在抗戰勝利後，他偶爾在一份報紙上看到一張照片，那是蔣總裁在發表演講，站在蔣總裁旁邊的一個軍人，樣子很像林正雄。

也許他們三個人都還活著，而且活得很好。令他疑惑的是，康禮夫在牛車旁把絕世之鑰遞給他的時候，似乎極不情願，又有些無可奈何。

也許康禮夫在玩這場遊戲的時候，另外一個人在局外緊緊地盯著他。

有一次，苗君儒去雲頂寺與法敬大法師談經論道的時候，說起他在西藏遇到的那些事，也提到了心中的疑惑和一些謎團。

法敬大法師非常淡定地說道：「……宇宙洪荒，天生萬物，物分陰陽……有神就有鬼，有佛就有魔，有正自然有邪，雖正邪不兩立，可若是天下無邪，正亦何用……世間諸事皆有因果，有果即有因，有因即有果，既然事情已經成為過去，又何必要去問因果……」

苗君儒似乎明白了什麼，世間有些問題，原本就是沒有答案的，因為答案就在問題裏面。好比他考古多年，為的就是還原歷史真相，可是他豈能擔保，所謂的歷史真相，有多少是正確的呢？

幾十年後，有人在一份日本的解密檔中，發現了這樣一份計畫……昭和十八年，奉大本營參謀本部命令，從緬甸的第三十三集團軍中抽調尖銳部隊，繞過印度方面的中國和英國軍隊的防線，由喜馬拉雅山南面的蘭巴山口進入西藏，配合執行「神鷹計畫」……

「神鷹計畫」的整體內容是什麼，檔案中並沒有提及。那股日軍的尖銳部隊進入西藏後，配合什麼人執行「神鷹計畫」，同樣也找不到答案。

所有問題的答案，最終淹沒在歷史的塵埃中，再也尋不見了。

更多苗君儒懸疑考古系列　請續看《搜神異寶錄11 帝冑龍脈》

搜神異寶錄 之10 聖湖風暴

作者：婺源霸刀
發行人：陳曉林
出版所：風雲時代出版股份有限公司
地址：10576台北市民生東路五段178號7樓之3
電話：(02) 2756-0949
傳真：(02) 2765-3799
執行主編：劉宇青
美術設計：許惠芳
行銷企劃：邱琮傑、張慧卿、林安莉
業務總監：張瑋鳳

初版日期：2017年11月
初版二刷：2017年11月20日
版權授權：吳學華
ISBN ：978-986-352-473-1
風雲書網：http://www.eastbooks.com.tw
官方部落格：http://eastbooks.pixnet.net/blog
Facebook：http://www.facebook.com/h7560949
E-mail：h7560949@ms15.hinet.net
劃撥帳號：12043291
戶名：風雲時代出版股份有限公司

風雲發行所：33373桃園市龜山區公西村2鄰復興街304巷96號
電話：(03) 318-1378
傳真：(03) 318-1378
法律顧問：永然法律事務所 李永然律師
北辰著作權事務所 蕭雄淋律師

行政院新聞局局版台業字第3595號 營利事業統一編號22759935

定價：280元　特惠價：199 元

國家圖書館出版品預行編目資料

搜神異寶錄 ／ 婺源霸刀 著. -- 初版. -- 臺北市：
風雲時代，2017.06- 冊；公分

ISBN 978-986-352-473-1（第10冊；平裝）

857.7　　106006481